샌드힐

글 하서찬 — 그림 박선엽

웅진주니어

| 차례 |

1. 적을 빛다 — 7

2. 동굴 — 19

3. 라희 — 41

4. 백사 — 55

5. 장 — 67

6. 붉은 운동장 — 73

7. 류웨이 — 87

8. 장의 집 — 102

9. 탈출 — **115**

10. 갈대밭 — **138**

11. 인천항으로 — **164**

12. 집으로 — **172**

13. 편지 — **178**

작가의 말 — **185**

1. 적을 빚다

아빠는 방에 누워 있던 나를 끌고 나와 차에 태웠다. 차는 십 분 남짓 달려 교문 앞에서 멈췄다.

뒷좌석 문이 열리고, 아빠는 다시 한번 나를 끌어냈다. 나는 마지막 카드로 교문 앞에 납작 엎드렸다. 들어갈 수 없다. 열일곱 살인 내가 교문 앞에 엎드렸다는 것은 모든 걸 각오했다는 뜻이다.

"병신."

"뭐 하는 거야, 쟤?"

아이들이 중국말로 수군거린다. 멀리서 라희가 달려온다. 눈을 감았다. 라희가 내 어깨를 잡았다. 나는 손톱을 세워 흙을 움켜쥐었다. 라희가 나를 일으키려고 애썼지만 소용없었다. 라희는 뒤로 나가떨어졌다.

모래바람 때문에 뿌예진 눈앞에 아빠의 검은 구두가 보였다.

"이까짓 것도 이겨 내지 못하면 살아남을 수 없어. 발로 차 버리기 전에 들어가라."

아빠가 내 귀에 대고 으르렁거렸다. 눈을 감고 버텨 보았지만 아빠가 곧 한 팔로 가볍게 나를 일으켰다.

아마 아빠는 내가 교실에 들어갈 때까지 지켜보고 있을 것이다. 나는 일어서서 한 발짝 한 발짝 걸었다. 걸음마를 처음 배운 아이처럼 자꾸만 걸음이 흐트러졌다. 지나가는 아이들이 낄낄거리며 쳐다봤다.

교실 문을 열자 낡은 나무문이 삐걱거리며 귀를 아프게 했다. 나는 자리에 앉아 빛 한 점 들어오지 않는 어두컴컴한 교실에서 아이들의 얼굴을 흘낏거렸다. 그리고 주머니에서 찰흙을 꺼냈다. 흙을 만지니 조금 진정이 됐다. 조물조물 흙을 굴려서 동그란 머리통을 만들었다. 오늘은 누굴 빚을까.

반 아이들의 얼굴을 하나씩 뜯어본다. 곧 캐나다로 떠난다는 마이클, 아빠가 공안이라는 장, 미친 류웨이, 비슷비슷하게 생긴 양리와 왕웨이……. 삐뚤어진 얼굴, 무언가 숨기고 있는 얼굴, 표정 없는 얼굴들을 자세히 살폈다.

오늘은 류웨이로 하자. 나는 무릎 위에 동그란 흙덩이를 놓고 흙 속으로 조각칼을 넣었다. 칼이 흙을 파고들자, 흙 속에서 점점 표정이 드러난다. 몸속에 피가 조금씩 도는 느낌이다. 병마용의 병사들처럼 표정 하나하나를 세심하게 조각하려면 가장 가까이에서 관찰할 수 있는 반 아이들이 제격이다. 나를 괴롭히는 아이들이 전생에 내 적군이었다는 상상을 한다. 그렇게 어떤 아이를 다 조각하고 나면 그 아이에 대한 미움도 희미해진다.

그들을 조각하고 또 조각한 다음, 마지막에 형을 조각할 것이다. 그때쯤이면 형을 빚을 만큼의 실력이 될 것이다.

멀리서 류웨이가 나를 보며 히죽거린다. 나는 손안에 쥐고 있던 류웨이의 얼굴에 조각칼로 상처를 냈다. 마음이 조금 후련하다.

이제 마이클 차례다. 마이클은 웃을 때 눈이 안 보인다. 구불구불한 머리는 꼭 메두사 같다. 곱슬머리를 따라 한 올씩 파내는 게 생각보다 어렵다.

머리숱을 만들 흙이 조금 모자란다. 나는 가방 앞주머니를 뒤적거렸다. 흙이 조금 남아 있을 텐데……. 다행히 괜찮은 양의 흙이 잡혔다. 이 정도 양이면 두 명은 더 만들 수 있다. 오늘은 학교에서 머리통만 만들 것이다.

나는 최대한 눈에 띄지 않게 책상 아래에 흙덩이를 숨기고 머리를 빚었다. 너무 오랫동안 고개를 숙이고 있으면 이상해 보일 수 있다. 나는 가끔 선생을 올려다보면서 무릎 위에 놓인 흙을 만지작거린다.

지난주에 완성한 몸통들은 집에 있다. 학교에 전부 두었다가는 뺏길 수 있기 때문에 몸과 머리를 안전하게 분리해 놓았다. 얼른 집에 가서 몸통에 새로운 머리들을 얹고 싶다.

이 속도라면 한 달 안에 반 아이들을 모두 책상 위에 세워 놓을 수 있을 것이다. 흥분한 탓에 주머니에서 조각칼을 만지작거리다 약간

베였다. 손에서 피가 배어 났다.

'제기랄.'

조각칼을 책상 위로 꺼냈다. 그 순간 조각칼이 허공에 들렸다. 담임이 차가운 얼굴로 나를 내려다봤다.

"이런 건 학교에 들고 오지 마. 오늘은 금요일이니까 어서 운동장으로 나가라."

주위를 둘러보니 반 아이 대부분이 이미 나가 교실이 휑했다. 나는 담임 손에서 조각칼이 떨어지자마자 주워서 가방 깊숙한 곳에 넣었다.

금요일이었지. 이 학교는 금요일마다 축구를 한다. 하루만 더 집에서 버텼다면 이날을 피할 수 있었을 텐데.

지지직. 스피커 소리가 난다. 귀에서 모래 알갱이들이 버스럭거리는 것 같다. 대체 언제 적 스피커길래. 마치 먼 과거에 떨어진 기분이다.

"신체 건강은 중요합니다. 학생들은 모두 운동장으로 나가도록!"

교장은 금요일마다 쩌렁쩌렁한 목소리로 방송을 한다. 운동장은 먼지가 손끝에 만져질 만큼 부옇다. 금요일에 축구를 하고 나면 주말 내내 가래가 끓었다.

나는 누런 하늘을 한 번 바라본 뒤 보조 가방에서 보호대들을 꺼냈다. 손목 보호대, 손바닥 보호대, 무릎 보호대를 해도 안심이 되지 않는다. 복대, 아니 갑옷이 있으면 좋겠다. 그런 건 어디서 파나.

나가고 싶지 않다. 보호대를 다 입은 뒤에도 자리에 앉아 주머니 속 토끼 인형만 만지작거렸다. 담임은 기다리지 못하고 내 목덜미를 잡아 일으켜 세웠다.

"지훈, 뭐 하는 거야? 당장 나가래도!"

담임의 얼굴이 시뻘게져 있었다. '지긋지긋한 놈'이라고 얼굴에 쓰여 있는 것 같다. 다시 한번 밖을 쳐다봤지만 비는 올 것 같지 않았다.

나갈 생각을 하자 나도 모르게 무릎이 달달 떨렸다. 오한이 나 이까지 부딪쳤다. 이대로 땅으로 꺼져 버렸으면 좋겠다고 생각하면서 주먹을 꽉 쥐었다. 결국 담임에게 목덜미를 잡힌 채 질질 끌려 나갔다. 운동장으로 나가자 아이들이 외쳤다.

"샤오 슌, 들어와!"

샤오 슌, 작은 지훈.

나처럼 중무장한 아이는 어디에도 없었다. 운동장 구석구석을 살펴보았지만 한국 아이는 없다. 류웨이는 묘기 부리듯 발로 공을 굴리고 있었다.

"국제 학교는 한국 애들이 너무 많아. 중국어라도 제대로 하려면 지역 사립 학교에 들어가야지."

아빠는 이렇게 말하면서 한국 아이가 전교에 몇 명밖에 없는 '펑동'이라는 학교에 나를 밀어 넣었다. 펑동은 '얼어붙은 토지'라는 뜻이다. 학교 이름으로 어울리지 않는다고 생각했지만 아빠는 그 이름이 마음에 든다고 말했다.

"얼어붙은 토지가 얼마나 단단한 줄 아냐? 칼도 들어가지 않을 만큼 단단하지. 너도 그렇게 단단해지면 돼."

반에는 한국 친구가 한 명도 없었다. 이럴 때 한국 애가 한 명만 있었더라면, 서로 등을 맞대고 버틸 수 있었을 텐데.

아니, 이럴 때 형이 있었다면. 형이 함께였다면 나는 저들과 맞서 싸웠을 것이다.

그냥 밀어붙여. 넌 생각이 너무 많아.

단순한 형은 씩 웃으며 이렇게 말했을 것이다. 그러면서 내 귀를 잡아당기거나 머리를 헝클어뜨렸겠지. 형이 보고 싶다. 형의 웃는 얼굴이 보고 싶다.

아이들의 웃음소리가 들린다. 귀를 막아도 그 소리가 귓속에 맴돌았다. 체육 선생이 호루라기를 불었다. 아이들이 뛴다. 아이들은 이제 웃지 않지만 웃음소리는 내 귀를 계속 따라다녔다.

나는 엉거주춤 골대 근처에 섰다. 예상대로 축구공이 날아온다.

몸이 흙으로 빚어져 굳어진 듯 꼼짝도 하지 않는다. 바닥으로 빨려 들어가는 것 같다. 바람이 분다. 입안에 흙이 씹히고, 혓바닥이 깔깔하다. 산 채로 흙구덩이에 파묻히는 느낌이다. 손조차 들 수 없다. 손을 드는 순간 그대로 바스러져서 팔이 사라질지도 모른다. 공이 아니라 칼이 날아온다 해도 피할 수 없을 것 같은 기분이 들었다.

첫 번째 공이 내 배를 때리고 바닥에 구르자 어떤 아이가 재빨리 다른 아이에게 공을 넘겼다. 나는 억지로 몸을 움직여 원래 있던 곳에서 최대한 멀리 뛰었다. 아이들이 웃었다. 누가 누구인지 분간도 가지 않는다. 정신이 몽롱하다. 두 번째 공, 세 번째 공. 내가 어디에 있든 공은 나만 겨냥한다. 아무리 뛰어도 피할 곳이 없다. 일곱 번째 공이 내 배를 파고들었다. 배가 아프고 몸이 터질 것 같았다. 나는 바닥에 엎드렸다.

체육 선생이 다가왔다.

"뭐 하고 있는 거냐?"

"골대가 아니라 저를 겨냥해요."

선생에게 말하고 싶지 않았지만 그 순간만큼은 지나가는 개미에게라도 의지하고 싶었다.

선생이 나를 일으켜 세웠다.

"그럴 리가. 착각이겠지. 보건실 가 봐."

체육 선생이 나를 보건실이 있는 방향으로 밀면서 말했다. 나는 휘청거렸지만 넘어지진 않았다.

류웨이가 나를 스쳐 지나가며 말했다.

"당해도 싸, 너희는."

류웨이는 주먹을 치켜올리며 눈을 부라렸다. 나는 어깨를 움츠렸다. 눈물을 삼키고 화장실에 가서 울렁거리는 속을 게워 냈다.

보건실은 학교에서 유일하게 햇빛이 들어오는 곳이다. 나는 보건실 창문 앞에 서서 먼지에 가려진 햇빛을 쳐다보았다. 뿌연 회색 하늘 사이로 태양이 비쳤다. 꼭 꺼져 가는 랜턴처럼 보였다.

손톱 밑이 까끌까끌했다. 만진 적도 없는 모래알이 끼어 있었다. 손톱 하나를 문질렀더니 바스러지며 모래와 함께 떨어졌다.

보건 선생은 인상을 찌푸리며 말했다.

"무슨 일이야?"

나는 옷을 걷어 올렸다. 배는 온통 멍투성이였다.

보건 선생이 내 배를 꾹 눌렀다.

"악."

외마디 비명이 나왔다.

"다친 손부터 소독하자. 배는 어쩌다 이렇게 됐어?"

대답하지 않았다. 어차피 네 착각이라는 대답만 돌아올 것이다.

보건 선생은 아무 표정 없는 얼굴로 나를 내려다보았다. 저런 얼굴은 흙으로 어떻게 빚어야 할까.

보건 선생 얼굴을 힐끗 본 뒤 선생의 누런 목깃만 쳐다보았다. 여기서 누구와 오랫동안 시선을 맞춰 본 적은 없다. 학교 안에서 누군가와 오래 눈을 마주치고 있으면 곧 싸움으로 번진다. 그러다 보니 어느새 눈을 쳐다보지 않는 습관이 생겼다. 길어진 앞머리 사이로 보건 선생의 뒷모습이 보였다. 선생의 가운은 밑단까지 누렇다. 꼭 수의 같았다. 선생은 가운을 버석거리며 알코올 솜을 찾았다.

선생이 돌아보기 전에 일어서서 보건실을 나왔다. 유리창 너머로 알코올 솜을 들고 나를 찾는 듯한 선생의 모습이 보였다.

절뚝거리며 교문 밖으로 나오자 라희가 서 있었다.

"괜찮아?"

라희는 내 표정을 살피며 물었다. 눈이 불안하게 깜빡였다.

"응."

나는 짧게 대답했다. 라희는 나와 멀찍이 떨어져 걸었다. 아이들이 놀릴까 봐 두려운 거겠지. 앞장서서 걸어가던 라희가 혼잣말처럼 말했다.

"이번엔 사드*야."

나도 혼잣말처럼 물었다.

"뭐라고?"

라희의 목소리가 갑자기 커졌다.

"얼마 전까지 한국 드라마만 보고 한국 화장품만 쓰던 애들이 갑자

---

* '종말 단계 고고도 지역 방위 체계'를 뜻하는 말로, 공격용 미사일을 탐지하고 방어하는 체계. 한국에 배치되는 사드의 레이더 때문에 중국 내부가 감시당할 수 있다며 중국이 반대했다.

기 나만 보면 욕하고 난리야. 이런 사건은 계속 일어날 텐데 그때마다 이렇게 숨도 못 쉬어야 해? 너는 중국이 처음이겠지만 난 아니야. 필리핀에 살 때는 코피노* 문제로 떠들썩해서 선생이 나한테만 숙제를 왕창 내 줬었어. 내 공책도 전부 찢긴 채 화장실에서 발견됐지. 그런데 여긴 더 최악이야."

라희는 침을 뱉으며 남은 말을 했다.

"이제 엄마한테 그만 끌려다니고 싶어. 국제적 좋아하시네, 국제 왕따겠지. 엄마는 내가 문제래. 다른 애들은 영어, 중국어 두 마리 토끼를 잡는다면서. 난 한국말도 잘 모르겠는데 말이야. 지겨워. 선배님들마저 없었다면 난 벌써 죽어 버렸을 거야."

말을 맺자 라희의 작은 날개가 우울하게 가라앉았다. 라희는 한국 선배들을 꼭 '님' 자를 붙여 불렀다. 옆에 있든 없든 말이다. 마치 어미 닭을 쫓아다니는 병아리처럼 라희는 그들을 악착같이 따라다녔다.

나는 버스를 타고 창밖만 내다봤다. 라희는 옆에서 계속 구시렁거렸다. 먼지바람 때문에 건물도 보이지 않았다. 단지형의 도시는 누런 먼지로 가득 차 있었다. 나는 창문을 열고 가래를 뱉었다.

라희는 버스에서 내리자마자 쏘아붙였다.

"넌 사람이 말하는데 반응도 없어? 너도 나 무시하냐?"

● 한국 남성과 필리핀 현지 여성 사이에서 태어난 2세를 이르는 말. 코리안(Korean)과 필리피노(Filipino)의 합성어이다. 코피노 생부로서 책임감 없는 한국 남성들이 논란이 된 바 있다.

라희가 내 가슴을 세게 밀쳤다. 퍽 소리가 났다.

"너도 내가 유령 같아? 유령 같냐고!"

라희의 눈을 가린 앞머리 숲 사이로 눈물이 얼핏 비쳤다. 가끔 보이는 라희의 눈동자는 어린 새의 눈처럼 까맣고, 불안하게 흔들렸다.

일 초, 이 초, 삼 초. 시간이 느리게 흘렀다. 어떡해야 하지? 라희는 뒤돌아서 걸어갔다. 나는 조용히 그 뒤를 쫓아갔다. 라희가 돌아보더니 소리를 질렀다.

"따라오지 마!"

라희가 저 멀리 뛰어갔다. 나는 라희와 같은 아파트에 살지만 그 애가 들어갈 때까지 기다렸다가 걸었다. 라희를 부르고 싶었지만 그러지 못했다. 그저 현관에서 사 층 라희 방에 불이 잠시 켜졌다가 꺼지는 것을 지켜보았다.

2. 동굴

    집에 들어와 냉장고를 열었다. 먹을 만한 게 없었다. 휑한 냉장고를 보니 더욱 배가 고파졌다. 냉장고 문을 닫았다가 다시 열었다. 냉장고 구석에 달걀 두 개, 버터, 파가 보였다. 밥통을 열어 보았지만 밥은 없었다. 주방 서랍에서 즉석 밥을 꺼내 달걀과 파를 넣고 밥을 볶아 접시에 담았다. 냉장고가 윙윙 모터 소리를 냈다.

    티브이도 켜고 싶지 않았다. 배를 문지르니 아직 통증이 느껴졌다. 배는 고픈데 밥맛이 없어, 나는 접시에 담긴 볶음밥을 바라보기만 했다.

    한국에 있을 때는 형이 자주 요리를 해 주었다. 형이 만든 음식은 맛있었다. 형은 볶음밥 위에 꼭 반숙한 달걀프라이를 얹었고, 라면을 끓일 때는 파를 썰어 넣었다. 모든 음식에는 마지막에 꼭 후추를 뿌렸다.

    "후추라도 뿌려야 재밌지."

형은 그렇게 말하며 낄낄 웃었다.

형은 별일 아닌 일에도 웃는 재주가 있었다. 요리할 때 가끔 이런 말을 하기도 했다.

"나는 요리사가 될 거야. 사람들이 내가 만든 음식을 즐겁게 먹는 모습을 보고 싶어."

형은 종종 집에 친구들을 데리고 왔다. 친구들이 없으면 견딜 수 없을 거라고 했다.

나는 형만 있으면 외롭지 않았다. 그날, 그 일만 아니었으면 형과 함께 한국에서 계속 살 수 있었을까?

한국에서 엄마 아빠는 저녁 늦게 들어와서 밤이 깊어질 때까지 싸웠다. 대부분의 싸움은 이유를 알 수 없었다. 형은 이렇게 말했다.

"보기만 해도 짜증 나는 애가 반에 꼭 한둘은 있잖아. 엄마 아빠도 그런 거야. 밥 먹는 것만 봐도 숟가락으로 뒤통수를 치고 싶은 사람. 나랑 그냥 안 맞는 사람. 학교에서는 일 년이지만 부부는 평생 봐야 하니까 참을 수 없는 거겠지. 어쩌다가 결혼했을까? 나는 꼭 혼자 살 거야."

형은 엄마 아빠가 싸움을 시작할 때마다 "전쟁이다."라고 말한 뒤 나를 데리고 집 밖으로 나갔다. 나에게 자전거 타는 법을 알려 준 것도 형이었다. 우리는 전쟁이 끝날 때까지 밤새도록 자전거를 타고 쏘다니곤 했다.

그날도 엄마 아빠는 전쟁 중이었다.

나는 달걀 부화기를 사서 병아리를 부화하는 중이었다. 한 마리가 태어나고 나머지 두 마리는 아직 알 속에 있었다. 병아리가 태어나려는 장면을 지켜보는데, 둔탁한 무언가가 부화기 위로 떨어졌다. 오디오였다. 부화기는 오디오의 무게를 이기지 못하고 산산조각이 났다. 엄마나 아빠 둘 중 누군가가 집어 던진 것이었다.

남은 두 알은 처참히 부서졌다. 난막 틈 사이로 피가 흘러나왔다. 생기다 만 핏줄들이 엉켜서 점점이 떨어졌다. 생기다 만 눈과, 알을 깨기 위해 위쪽으로 향해 있던 부리가 보였다. 노란 날개의 끝에는 누런 이물질이 엉겨 붙어 있었다. 병아리의 다리는 아무리 펴도 펴지지 않았다. 병아리는 알 모양 그대로 동그랗게 몸이 말린 채 죽어 있었다. 형은 내 등을 철썩 때렸다. 그 반동 때문인지 삐악거리며 우는 소리가 들려왔다.

살아남은 한 마리가 오디오의 스피커에 대고 악을 쓰고 있었다. 형은 병아리를 황급히 들어 올리며 말했다.

"나가자."

나는 멍하니 앉아 있었다.

"신어."

형이 내 쪽으로 양말을 던졌다. 물건 몇 개가 더 허공을 날아다니는 동안에도 나는 대답하지 않았다.

"됐어. 한 마리는 살았잖아. 두 마리는 스스로 알을 깰 힘이 부족해서 죽은 거야. 잊어."

형은 검은 후드 티를 뒤집어썼다. 나도 따라 양말을 꿰신고 보니 짝짝이였다. 갑자기 마음이 급해졌다. 한 마리마저 죽기 전에, 엄마가 괴성을 지르기 전에 나가고 싶었다. 엄마가 괴성을 지르는 순간 전쟁은 클라이맥스로 향한다.

집 밖으로 나오자 형이 자전거에 올라타며 말했다.

"한강까지 가자. 어때? 이 길을 따라 쭉 달리면 돼."

"오래 걸릴 텐데. 우릴 찾으면 어떻게 해."

나는 힘없이 물었다.

"안 찾아. 걱정 마. 이때껏 우리 찾은 적 있었냐? 싸우느라 정신없을걸."

형은 피식 웃었다.

"형이 말이야, 기막힌 아지트를 하나 발견했어. 동굴 같은 곳인데 너는 상상도 못 할 거다."

형이 들뜬 목소리로 말했다.

"박쥐도 있어?"

"어린애냐? 그런 건 없지. 무슨 공사를 하다가 중단된 곳 같아. 전쟁일 때 비나 눈이 오면 난감했잖아. 어디 갈 곳도 없고. 만화 카페는 돈이 너무 깨지고. 그럴 때 피해 있기 딱이야. 너는 웹툰 보고, 나는 게

임 하고. 상자랑 먹이도 가져왔으니까 병아리도 거기서 키우자."

나는 고개를 끄덕였다. 형이 가자고 하는 곳이면 그곳이 동굴이든 절벽이든 어디든 괜찮았다.

우리가 언제부터 이렇게 똘똘 뭉치게 되었는지 모르겠다. 엄마 아빠가 서로 죽일 듯이 싸우기 시작했을 때부터일까? 어릴 땐 분명 치고받고 싸웠던 것 같은데. 어쨌든 형을 이겨 먹겠다던 마음은 깨끗하게 사라졌다. 나는 형 앞에서 얌전한 고양이같이 굴었다. 목덜미를 긁어 주길 기다리는 고양이처럼 늘 형만 바라보았다.

자전거를 타고 이십 분쯤 달렸을까. 겉보기엔 수풀만 무성한 곳이었는데 수풀을 헤치자 앞뒤가 뚫린 둥그런 콘크리트가 나타났다. 동굴은 아늑했다. 형은 이미 조그마한 랜턴과 작은 책상도 가져다 놨다. 돗자리 위에는 침낭 두 개가 놓여 있었다.

"너, 내 친구 진호 알지? 걔 손재주가 기막히잖아. 다음 주에 데려와서 여기에 그림 좀 그려 달라고 하려고. 그리고 걔네 집에 빔 프로젝터가 있거든. 옛날 거라 화소는 좀 떨어져도 가져와서 영화도 보고 그러자. 벽이 조금 울퉁불퉁하지만 보는 데는 지장 없을 거야. 이제 여기가 우리 집이야."

형은 흥분해서 얼굴이 발개져 있었다. 나도 마음이 둥실 뜨는 것 같았다. 병아리는 형의 후드 티 모자 안에 넣어 둔 핫 팩 위에서 자고 있었다.

나는 우리 집을 쓰다듬어 보았다. 콘크리트의 차갑고 단단한 감촉이 느껴졌다. 나는 주위를 둘러보며 미소를 지었다.

"어차피 아침에 들어가도 모를 거야. 알지? 엄마는 울다 지쳐 잠들고, 아빠는 나가 버리잖아. 그길로 출근하고. 싸울 때마다 그러니까, 우린 여기서 놀다가 학교 가기 전에만 들어가자. 이 집을 뭐라고 부를까?"

"동굴이지, 뭐."

"창의성 하고는."

"박쥐들의 집?"

"박쥐는 없다니까!"

"이름은 다음 주에 정하자."

"그래. 진호가 그림 그리기 전까지. 이름을 지어야 그림을 그리지. 멋진 그림으로 채우는 거야."

랜턴 빛이 깜빡였다. 삐악거리는 소리가 가늘게 들렸다.

"배터리 갈아야겠다."

형은 뿌연 빛을 내뿜는 랜턴을 손등으로 탁탁 쳤다. 그 순간 랜턴이 환해졌다가 다시 침침해졌다. 침침해진 눈 사이로 동굴 벽에 박힌 조각칼이 눈에 들어왔다. 나는 조각칼을 뽑았다. 조각칼의 손잡이는 손때가 묻어 새카맸다.

"이게 뭐야?"

"보면 몰라? 조각칼이잖아."

그러고 보니 동굴 구석에는 작은 조각들이 굴러다녔다.

토끼, 새, 코끼리 같은 동물도 있고 사람의 형상도 몇 개 있었다.

"여기 완전히 만들기 공방이네."

"내 취미 생활이야."

"그래?"

나는 피식 웃었다.

"취미가 조각이야? 고상한데. 그냥 이 길로 나가지 그래? 요리하는 조각가."

"굶어 죽을 일 있냐? 아빠도 당연히 허락 안 해 줄 거고. 맞지나 않으면 다행이지."

"치, 그래도."

"됐어. 이런 거 해선 어차피 돈도 못 벌어. 집에서 탈출하려면 돈이 필요하니까."

형은 조각칼을 나에게 건넸다.

"너 가져."

"뭐야? 이렇게 낡은 걸 어디에 쓰라고?"

"가끔 산만할 때 뭐라도 조각하면 좀 나아져. 몇 년은 그걸로 버텼다. 이 형이 물려주는 거야. 너보다 형이 먼저 이 지옥에서 탈출하니까 일 년 잘 버티라고."

"쓰레기 같은데. 주워 온 거지?"

"이 새끼, 말하는 거 봐라. 이거 형의 영혼이 녹아 있는 검 같은 거야."

"검 좋아하네."

나는 피식 웃었다.

"근데 넌 조각칼만 보이냐. 다른 건 뭐 안 보여?"

동굴 구석에는 하얀 상자 두 개가 놓여 있었다. 형은 상자 한 개를 나에게 건넸다.

상자를 열어 보니 그 안에는 축구화가 들어 있었다. 검은색 축구화 가운데에는 뛰어오르는 듯한 표범이 그려져 있었다.

"이게 뭐야! 웬 축구화? 누구 돈 뜯었어?"

"뭐래. 용돈 모아서 내 돈으로 산 거야. 두 켤레. 네 거랑 내 거."

"나 축구 별로 안 좋아하는데."

"가르쳐 줄게. 네가 뭐 자전거는 탈 줄 알았냐. 다 이 스승님 덕분에 배운 거지."

"근데 이것보다 더 좋은 건 없었어? 스페셜 에디션 같은 거. 이건 좀 구린데……."

"괜히 그런 거 신고 까불다 무릎 깨져. 우리한테는 이게 딱이야. 너 이백육십 맞지?"

형은 내 눈을 쳐다보더니 웃으며 말했다.

"와, 눈빛 봐라. 알았다. 아르바이트 첫 월급 받으면 이 형이 굶어서라도 스페셜 에디션으로 사 줄게."

"형, 나 이백오십오야."

시종일관 웃는 얼굴이던 형은 내 말에 당황한 표정이었다.

"와, 아직도 이백오십오야? 바꾸러 갈까? 포장 다 뜯었는데 어쩌지."

형은 초조하게 물었다. 나는 발을 이리저리 움직였다. 헐렁했지만 그럭저럭 신을 만했다.

"오 밀리미터 정도야 금방 클 거야."

형의 말에 나는 웃음을 참으며 말했다.

"그래. 싼 건데 굳이 바꾸지 말자."

형이 째려보자 참던 웃음이 터졌다.

"이제야 웃네."

형은 내 귀를 잡아당기며 낄낄거렸다. 우리는 동굴이 떠나가라 웃었다. 병아리가 눈을 살짝 떴다가 다시 감았다. 형이 병아리를 가리키며 말했다.

"얘 이름은 내일 짓자."

형과 나는 침낭에 들어가 누웠다. 휴대용 온풍기가 제법 훈훈했다. 챙겨 온 초코바는 반씩 나눠 먹었다. 나는 동굴 구석에 뒹굴고 있던 책 한 권을 집어 들었다.

"여긴 뭐가 이렇게 많이 굴러다녀? 비극의 탄생? 니체? 어, 백제 고등학교면 형 학교잖아. 종이 우글거리는 것 좀 봐. 비에 완전 절었네. 책값 물어 줘야겠다."

형이 책을 낚아챘다.

"형 책이야?"

나는 다시 뺏어서 책을 펼쳤다. 중간쯤부터 수십 장이 길고 가느다란 직사각형 모양으로 잘려 있었다. 그리고 그사이에는 담배가 한 개비 꽂혀 있었다. 그럼 그렇지.

"형, 아직 피워?"

"끊었어."

"그럼 이건 뭐야?"

"돛대야."

"돛대가 뭐야?"

"마지막 담배. 이제 안 피울 거야. 죽도록 공부해서 여기를 탈출할 거야. 좋은 대학만 들어가면 과외 시작해서 비행기표 사고, 돈 좀 모은 뒤에 외국으로 아주 나가 버릴 거야. 요리사도 조각가도 포기했어. 꿈보다 탈출이 먼저야. 너도 데려갈게. 야자수 밑에서 콜라나 마시자."

형은 책을 아무렇게나 던졌다. 우리는 가 보지도 못한 외국에 대해 가 본 듯이 떠들었다. 형과의 수다는 불행을 잊기에 충분했다.

"외국에 가면 사람들이 홀딱 벗고 누워 있는 해변이 있대."

"오."

엄마와 아빠는 싸우느라 바빠서 우리와 여행을 가 본 적이 없었다. 아빠는 외국으로 출장을 다녀올 때마다 기념품을 사 왔지만 그중 어디에도 우리를 데려가지 않았다.

집에는 두바이의 칠성 호텔 모형이나 브뤼셀의 컵, 상하이의 동방명주 탑 모형 따위가 뽀얀 먼지를 뒤집어쓰고 있었다. 그것들은 전혀 이국적이지 않았다. 그저 쓰다 버린 볼펜이나 찢어진 종이, 얼룩지고 작아진 티셔츠 같은 느낌이었다.

형과 비행기를 타고 여행이라. 형과 간 여행지에서 산 물건은 그것이 무엇이든 보석 같을 것이다.

형과 나는 웃다 지쳐 깜빡 잠이 들었다. 눈을 뜨자 일곱 시였다. 입에서는 단내가 났다. 개미들이 우리가 남긴 초코바에 까맣게 들러붙어 있었다. 그중 몇 마리가 형의 얼굴 위를 기어다녔다. 형의 콧구멍으로 기어 들어가는 개미 한 마리를 얼른 손으로 잡아 동굴 벽으로 던졌다.

나는 형을 흔들어 깨웠다. 형은 겨우 일어나더니 잠긴 목소리로 몇 시냐고 물었다.

"아, 어쩌지. 여섯 시에는 집에 가야 했는데. 학교 늦겠다. 얼른 챙기자."

자전거에 짐을 싣는데 비가 쏟아지기 시작했다. 나는 마지막으로 두고 가는 것이 없는지 동굴 안을 살폈다. 비를 맞은 『비극의 탄생』이

뒹굴고 있었다. 나는 그 책을 급하게 배낭에 넣었다. 형이 물었다.

"뭐 하러?"

"나중에 보려고."

"새끼, 교과서도 이해 못 하면서. 그냥 버려. 어차피 담배 보관용이었어. 책은 잃어버렸다고 하고 물어 주면 돼. 마지막 담배도 안녕이야. 이제 고 삼인데 정신 차려야지."

형이 낄낄거렸다. 나는 멋쩍게 웃었다.

"집에 가면 꼭 버려. 곰팡이 핀다. 네 얼굴에도 곰팡이가 스멀스멀."

형은 눈을 괴기스럽게 뜨고 내 얼굴을 간지럽히며 장난을 쳤다. 나는 피식 웃으며 말했다.

"형, 우리 늦었어."

"아, 맞다. 쟤는 체온 유지해야 되는 거 알지? 핫 팩 새로 뜯어서 안고 와."

나는 핫 팩을 감싼 수건 위에 병아리를 얹고 점퍼를 여몄다.

형은 급하게 자전거를 타고 출발했다. 나도 자전거를 탔다.

"따라오고 있지?"

형이 가끔 뒤를 보며 나를 불렀다.

"응! 걱정 마."

나는 눈앞에 흐르는 비를 손으로 훔치며 대답했다. 시커먼 하늘이 우리가 움직이는 데마다 따라다니며 비를 거세게 퍼부었다. 신호등이 보였다. 파란불이었다. 형은 파란불 앞에서 나를 기다렸다.

먼저 가라고 할까 했지만 형과 같이 가고 싶었다. 형의 등이 비에 젖어 번들거렸다.

"형, 내려서 자전거 끌고 가야 되잖아!"

내가 소리쳤다.

"그럴 시간이 어딨어. 얼른 튀어 와!"

형은 내가 신호등 가까이 다가오자 페달을 밟기 시작했다. 나도 있는 힘껏 페달을 밟았다. 파란불이 깜빡이기 시작했다. 십, 구, 팔, 칠, 육, 오, 사……. 파란불 아래 숫자가 빗속에서 카운트다운을 시작했다.

그때였다. 형 앞으로 모래를 실은 커다란 덤프트럭이 나타났다. 덤프트럭은 형을 집어삼킬 듯이 달려왔다. 트럭이 날카로운 경적을 울리며 멈췄다. 형의 자전거는 이미 삼켜진 뒤였다.

형이 밝은 옷을 입었으면 괜찮았을까. 아니 트럭이 흰색이었다면, 서로 피할 수 있었을까. 아니. 내가 좀 더 빨랐다면, 그랬다면 형은 안전하게 신호등을 건넜을 것이다. 내가 조금만 더 빨랐다면. 형이 돌아보고 나를 기다려 주지 않았더라면.

형을 끌어낼 때도, 형이 구급차에 실려 가는 동안에도 나는 계속 그 말만 중얼거렸다.

병원은 아수라장이었다. 의사 한 명이 나한테 소리를 질렀다.

"환자랑 무슨 관계예요? 학생! 무슨 관계냐고!"

"동생, 동생이요."

"보호자한테 연락하세요. 빨리!"

의사는 다급하게 뛰어갔다.

나는 전화를 걸었다. 엄마도 아빠도 받지 않았다. 집으로 전화를 걸었다. 세 번째 신호음이 울리자 엄마가 받았다.

"어디야, 너네!"

엄마는 전화를 받자마자 소리쳤다.

"학교 가야지! 어디야, 지금? 너희까지 엄마 무시할 거야?"

말할 틈을 주지 않고 이어지는 엄마 목소리에 나도 모르게 욕이 튀어나왔다.

"씨발!"

머리가 빙글빙글 돌았다. 금방이라도 토할 것 같았다.

"너, 뭐라고 했어?"

"그만 좀 해요, 좀! 형이 다쳤다고! 한강 병원이야."

엄마는 아무 말도 없었다. 수화기가 바닥에 떨어진 것 같았다.

형의 수술은 급하게 시작되었다. 큰 병원으로 옮기려 했지만 머리 쪽을 크게 다쳐서 옮길 수 없다고 했다.

형이 수술을 받는 동안에 엄마는 묵주를 잡고 기도했다. 손때가 탄 묵주가 까맣게 번들거렸다.

"제발 제 죄를 용서하시고……."

엄마의 기도가 끝나기 전에 아빠가 들어왔다. 아빠는 갈라지는 목소리로 나에게 물었다.

"형은?"

나는 수술실을 가리켰다. 아빠는 의사를 만나고 돌아와 수술실 앞에 주저앉았다.

나는 지친 아빠를 보며 점퍼를 만졌다. 없다. 병아리가 없었다. 자리를 박차고 일어나 동굴로 뛰었다.

병아리는 동굴 앞 횡단보도에 젖은 채 누워 있었다. 자세히 보니 가늘게 호흡하고 있었다.

나는 병아리를 품에 안고 동굴로 향했다. 동굴에 얼마나 앉아 있었는지 모르겠다. 병아리는 물도 밥도 먹지 않았다. 병아리를 내내 지켜보다 깜빡 잠이 들었다. 기분 나쁜 느낌에 눈을 떠 보니 병아리는 어느새 죽어 있었다.

아무런 느낌이 없었다. 슬프지도 않았다. 기계처럼 동굴 구석에 땅을 파고 병아리를 묻었다. 나는 바지에 묻은 흙을 털고 집으로 향했다.

엄마 아빠는 형이 병원에 누운 지 이 년째 되던 해에 이혼했다. 형은 계속 혼수상태였다. 아빠는 회사에 중국 발령을 신청했다. 엄마는 형의 곁을 지켰고, 나는 아빠를 따라 중국 학교의 입학 수속을 밟았다. 나의 생각을 물어보는 사람은 아무도 없었다.

 볶음밥을 몇 입 먹다 쓰레기통에 넣었다. 버터는 느끼했고 시든 파는 입에서 질겅거렸다. 허기가 가시자 속이 울렁거렸다. 소파에 앉아 약통을 열었다. 시퍼렇게 멍이 든 배에 연고를 바르는데 정확한 시간에 전화가 울렸다. 오후 다섯 시 반, 아빠였다.
"나다. 집에 있지?"
"집에 있으니까 받잖아요."
"말투 좀 고쳐. 오늘 열두 시 넘어 들어갈 거야. 대충 시켜 먹고."
 아빠는 내 대답을 기다리지 않고 끊었다. 과외 선생이 올 시간에 내가 있는지 확인하기 위한 전화였다.
 책상 위에는 토기 인형들의 몸통 몇 개만 나뒹굴고 있었다. 머리를 찾지 못한 몸통들이었다. 학교에서 만든 류웨이와 마이클의 머리를 몸통 위에 올렸다. 제법 어울린다. 흙을 조금 개어서 잘린 목에 문질렀다. 상처가 사라지듯 목과 몸이 붙었다. 류웨이와 마이클의 목을 쓰다듬어서 더 단단하게 붙였다.
 초인종 소리가 울렸다. 과외 선생 안닝이다. 안닝은 중국어로 수학을 가르친다. 안닝이 들어와 가방을 내려놓았다.
"학교생활은 어때?"
"별로예요."

안닝이 웃으며 말했다.

"재밌을 리가 없지."

안닝은 수학책을 폈다. 확률이었다.

"한국에선 중학생 수준 문제야. 얼른 진도 나가자. 자, 첫 번째 문제부터 시작해 볼까. 서로 다른 세 개의 동전을 동시에 던질 때 앞면이 두 번 이상 나올 확률은 어떻게 구할까?"

나는 고개를 저었다. 안닝은 난감한 표정이었다.

"저번에도 풀었던 문제잖아. 먼저 두 번 나올 확률을 구해 보자. 그럼 앞면이 한 번, 뒷면이 두 번 나와야겠지? 동전을 한 번 던져서 앞면이 나올 확률은 얼마야? 절반이니 이분의 일이겠지. 뒷면이 나올 확률도 절반. 그럼 두 번 나올 확률은?"

안닝의 눈동자를 바라보았다. 눈동자 안에 내가 있었다. 나의 텅 빈 눈동자가 안닝의 눈동자에 비쳤다.

"정말 쉬운 문제야, 지훈."

안닝이 한숨을 쉬며 말했다. 나는 안닝을 보며 말했다.

"제가 문제 하나 내도 될까요?"

안닝은 반가운 얼굴로 말했다.

"그럼. 뭐든지 내 보렴."

"비가 오는 날 아이 두 명이 자전거를 타고 횡단보도를 건너고 있어요. 둘 중에서 빨리 가는 아이가 죽을까요? 늦게 가는 아이가 죽을까요?"

안닝은 고개를 갸웃했다. 창문에 빗방울이 부딪치는 소리가 났다. 탁탁탁. 빗줄기는 더욱 거세졌다. 창밖으로 비옷을 입고 자전거를 타고 가는 사람들이 보였다. 잠시 생각한 뒤 안닝은 말했다.

"지훈, 수업 시간에 쓸데없는 이야기는 그만해. 그건 확률이 아니야. 운명이지."

안닝의 수업은 귀에 들어오지 않았다. 나는 수업을 마칠 때까지 멍한 얼굴로 안닝만 바라봤다. "운명이지."라는 말만 머릿속에 맴돌았다. 안닝은 한숨을 쉰 뒤 가방을 들고 나갔다.

나는 책상 위에 토기 인형들을 세웠다. 오늘은 두 개뿐이다. 류웨이와 마이클. 앞으로 스물세 개를 더 빚어야 할 텐데. 오늘은 손가락 하나 까딱할 힘이 없다.

흠집을 낸 류웨이의 얼굴에 흙을 약간 개서 채워 넣었다. 얼굴의 흉터가 하루 종일 마음에 걸렸는데, 흙으로 메우고 나니 한결 편해졌다. 류웨이만 생각하면 화가 치밀지만 토기 인형들은 내 병사들이니까 아껴 줘야 한다. 토기는 더 이상 잘 빚어지지 않았다. 나는 침대에 누워 베개를 끌어안고 잠을 청했다.

"진시황의 병사들이 있는 곳이다."

아빠는 이곳 시안에 처음 왔을 때 나를 병마용 갱에 데려가서 말했다. 병마용을 보는 순간 주위의 시끄러운 소리는 하나도 들리지 않았다. 보자마자 숨이 멎는 것 같았다.

"진시황은 대단한 사람이야. 서른도 안 된 나이에 진나라를 평정했고 마흔에는 중국 전체를 통일했어. 삼천 명의 측근들을 며칠 만에 처리하고, 생모가 울부짖어도 눈 하나 깜짝 안 한 위인이지. 그 냉정함이 그를 인정받는 황제로 만든 거야. 남들보다 뛰어나려면 냉정해야 한다. 가족도 짐일 뿐이야. 네 성공만 생각해. 다른 건 다 필요 없어."

아빠는 나를 병마용 1호 갱 앞으로 데려갔다. 줄줄이 서 있는 병마용 앞에 서자 다시 숨이 멎는 기분이었다. 흙으로 만들어진 수많은 병사가 내 앞에 무릎을 꿇거나 서 있었다.

나는 그날 이후로 계속 병마용 꿈을 꿨다. 꿈속에서는 수많은 병사가 나를 에워쌌다. 나의 병사들이다. 나는 늘 전쟁 중이었다. 나는 꿈속에서 말이 끄는 전차를 타고 병사들을 호령한다. 기병, 보병, 수군들이 내 말에 일사불란하게 움직인다.

나는 오늘도 꿈속에서 병마용 안에 서 있다. 병마용 안에는 흙냄새가 진동했다. 오늘은 형과 함께 있었다. 내가 유일하게 지켜야 할 사람은 형이다. 적들이 달려온다. 모래바람이 인다. 바람은 어느새 모래 폭풍이 되어 거대한 소용돌이를 일으킨다. 형을 데리고 도망쳐야 한다.

나는 다급하게 형을 안아 내 말 위에 묶었다. 말이 비명 같은 소리를 질렀다. 말이 달리려는 순간 형은 모래로 변하기 시작했다. 손과 발이 먼저 모래로 변했다. 형의 머리를 잡았다. 머리만 있으면, 몸통은 언젠가 찾아낼 것이다. 머리만 있으면……. 나는 필사적으로 형의 머리를 껴안았다.

"지훈아, 지훈아……."

형의 목소리가 멀어졌다. 형의 눈, 코, 입이 허물어졌다. 순식간이었다. 내가 잡으려고 하면 할수록 형은 모래 속으로 더 깊이 빨려 들어갔다. 내 손에는 부서진 모래 알갱이만 남았다. 그 모래조차 손가락 사이로 빠져나가고 있었다.

나는 병사들에게 형을 구하라고 소리치면서 손이 부르트도록 모래를 파헤쳤지만 아무리 파도 모래뿐이었다.

병사들은 나를 거들떠보지 않았다. 그들은 박물관 안에 있는 모습 그대로 토기 인형으로 변했다. 몇백 명의 병사들이 머리도 없이 몸통만 나뒹굴었다.

나는 결국 형을 구하지 못했다. 절망스러워서 눈물도 나오지 않았다.

잠에서 깨니 온 집이 환했다. 불을 안 끄고 잤나 보다. 아빠는 거실 소파에 물먹은 솜처럼 널브러져 있었다. 와이셔츠 차림 그대로였다. 술 냄새와 독한 담배 냄새가 진동했다. 얼굴은 병마용의 병사들처럼 흙빛이었다.

    아빠는 밤낮이 없다. 낮에도 밤처럼 어두운 얼굴을 하고 있다. 나는 아빠의 어둡고 날카로운 턱선을 멍하니 쳐다봤다. 아빠는 자동차 회사의 부장이었다.

    "한 건만 성공하면 돼. 한 건만. 중국 자동차에 우리 모듈이 들어가기만 하면 성공인 거야."

    아빠는 가끔 그런 말을 중얼거렸다. 나는 얇은 이불을 하나 가져와서 아빠 몸 위에 아무렇게나 던져 놓고 거실 불을 껐다.

3. 라희

하굣길에 만난 라희는 아무도 없는 곳에서 할 말이 있다고 했다. 라희는 나를 아파트 옆 공터로 데려갔다. 공터에는 남자아이 두 명이 배드민턴을 치고 있었다.

라희는 검은 후드 티를 입고 있었다. 라희가 내 귀에 대고 뭐라고 속삭였다. 훅 들어온 숨결에 온몸의 털이 곤두섰다. 아파트에 널려 있는 색색의 천들이 바람에 나부꼈다. 붉은색, 초록색, 보라색, 하얀색. 저 천들은 어디에 쓰는 걸까. 뛰어내려도 천에 감겨서 죽지도 못하겠군.

라희가 내 어깨를 툭 쳤다. 나는 멍한 얼굴로 대답했다.

"뭐라고 하는지 못 들었어."

내 말에 라희가 한숨을 쉬었다.

"돈 좀 있냐고!"

라희가 소리쳤다.

"돈?"

"그래, 돈."

"뭐 하려고?"

"루이비통 지갑 사게."

"지갑은 왜?"

"선배님들이 다 가지고 있으니까."

"선배도 없는데 '님' 자는 왜 자꾸 붙이냐?"

라희는 발로 돌부리를 툭툭 찼다.

"존경심의 표현이지, 뭐. 하여튼 선배들은 차도 있고 명품도 있는데 나만 아무것도 없잖아. 작은 손지갑이라도 있어야 안 꿀리지. 차라리 우리 엄마도 선배님들 엄마처럼 한국으로 가 버리고 돈이나 실컷 보내 주면 좋겠어. 나만 별 볼 일 없는 찐따잖아!"

"걔들은 일 년 꿇은 스무 살이잖아. 부자고. 그러니까 차도 있고 명품도 있겠지."

라희는 짜증스러운 얼굴로 날 쳐다봤다.

"그래. 나, 부자 아닌 거 알아. 그러니까 돈 좀 빌려 달라고. 백만 원 정도면 돼."

"백만 원?"

"그래."

"그 큰돈이 있겠어? 없어."

라희는 내 말에 인상을 확 찌푸리더니 나를 쳐다봤다.

"그럼 왜 이것저것 물어보고 지랄이야. 돈도 없는 게! 아, 재수 없어."

라희는 길바닥에 침을 뱉었다. 미처 떨어지지 못한 침이 실처럼 길게 늘어져 라희의 치마에 엉겨 붙었다. 라희는 신경질적으로 치마를 털었다. 나는 멍하니 말했다.

"왜 거길 못 끼어서 그렇게 안달이야."

라희는 날 노려보며 말했다.

"너는 혼자 견딜 수 있겠지만 나는 못 견뎌. 너나 지금처럼 흙이나 빚으면서 왕따로 살아. 난 선배님들이랑 놀 거니까. 선배님들이랑 놀면 눈도 안 깜빡여. 자신감이 생겨서 틱도 사라진다고. 얼마 전에 나 괴롭힌 애들 있지? 선배님들이 혼내 줬어. 이제 아무도 내 앞에서 찍소리 못 해. 너 같은 왕따는 평생 모르겠지만, 이런 걸 소속감이라고 하는 거야. 알겠어?"

나는 여전히 라희의 치마만 바라보고 있었다. 라희가 피식 웃으며 물었다.

"지금 어딜 보는 거야?"

나는 당황해서 고개를 흔들었다. 라희가 깔깔 웃었다.

"아니, 그게 아니라……"

순식간이었다. 라희의 입술이 내 입술에 닿았다가 떨어졌다. 찰나였다. 부드러운 스펀지케이크를 한 입 베어 물었을 때처럼 촉촉하고 부드러운 느낌이 남았다. 색색의 천들이 더 높이 하늘로 나부꼈다.

"돈도 없는 찐따지만, 뽀뽀해 준 거야."

나는 라희를 멍하니 쳐다봤다.

"그러니까, 음, 넌 항상 시체같이 있으니까. 살아 있나 보려고 그런 거라고. 아, 됐고! 돈이나 좀 구해 봐."

라희는 얼굴을 푹 숙이더니 집으로 뛰어 들어갔다. 나는 라희의 집을 한참 올려다보았다.

입술에서 딸기 냄새가 나는 것 같았다. 나는 손가락으로 입술을 문질러 보았다. 심장이 곧 터질 것처럼 쿵쾅거렸다. 저 멀리 먼지에 뿌옇게 가려진 붉은 해가 보였다. 뜨거웠던 해는 이제 천천히 아래로 가라앉고 있었다.

집에 들어가자마자 아빠에게 전화가 왔다. 다섯 시 반이다.

방으로 올라가 불도 켜지 않고 책상에 앉았다. 라희의 딸기 냄새가 코끝에 계속 맴돌았다. 시고 달콤한 냄새.

초인종이 울렸다. 안닝이다.

안닝은 이 층 내 방으로 올라왔다. 안닝이 방의 불을 켰을 때도 나는 엎드려 있었다. 안닝이 내 앞으로 다가와 앉았다.

"지훈, 무슨 일 있니? 불은 왜 꺼 놨어?"

나는 아무 대답도 하지 않고 고개를 들었다.

그래, 안닝에게 부탁해 보는 거다. 나는 침을 한 번 삼키고 안닝에게 말했다.

"저…… 돈 좀 빌려줄 수 있나요?"

"얼마나?"

"한화 백만 원이요."

"그렇게 많은 돈을?"

"빌려줄 수 있나요?"

"오십만 원 정도는 어떻게 구해 볼 수 있어. 무슨 일인데?"

"언제까지 가능해요?"

"다음 수업 시간에는 줄 수 있어. 무슨 일이야? 말하면 빌려줄게."

안닝의 말에 바로 대답했다.

"친구 선물 사려고요."

"그렇게 비싼 걸?"

안닝의 눈이 동그래졌다. 안닝의 눈 밑은 푸르스름했다. 피곤해 보이는 안닝을 보자 갑자기 불안해졌다.

"빌려줄 수 있나요?"

나는 앵무새처럼 같은 말을 반복했다.

안닝은 마지못해 고개를 끄덕였다. 나는 안도의 숨을 내쉬었다. 한 달 과외비로 온 가족이 생활하는 안닝은 내 부탁을 거절하기 힘들었을 것이다. 안닝에게는 미안했지만 갚으면 될 일이다.

이제 라희의 웃는 얼굴만 보면 된다. 나는 중국에 온 뒤 처음으로 흙도 빚지 않고, 꿈도 꾸지 않고 잤다.

다음 날 학교 가는 길목에 라희가 서 있었다. 라희를 보는 순간, 더는 귀에서 모래바람 소리가 들리지 않았다.

라희가 나를 노려보며 소리쳤다.

"야! 너, 얼굴 완전 썩었어. 설마 나 보고 그러니?"

라희가 내 배를 주먹으로 쳤다. 나는 통증 때문에 소리도 지르지 못하고 주저앉았다. 라희가 씩씩거렸다.

"어떻게 잘 들어갔냐는 전화 한 통을 안 할 수가 있어?"

일어설 수가 없었다. 라희가 소리쳤다.

"뭐야, 장난치지 마!"

식은땀이 흘렀다. 조금도 움직일 수 없었다. 창피하다는 생각만 들었다. 의심하던 라희가 내 티셔츠를 슬쩍 올리더니 멍투성이 배를 보고 비명을 질렀다. 나는 황급히 옷을 내렸다. 배는 계속 욱신거렸다.

"이건 뭐야. 도대체 왜 이런 거야?"

라희가 놀라서 물었다. 자존심이 상했다.

라희는 주위를 두리번거리더니 내 어깨에 손을 올리고 말했다.

"너를 죽이지 않는 모든 것은 너를 강하게 만들 거야."

라희는 뻔한 말로 나를 위로했다. 남들 눈치 보느라 내 어깨에 손도 못 올리는 주제에. 나는 라희의 손을 치우며 말했다.

"너나 잘 챙겨. 걱정은."

라희의 눈이 금세 샐쭉해졌다. 라희는 배 대신 내 정강이를 걷어찼다. 한쪽 무릎이 무너졌다.

"너보단 나아."

라희 눈에 눈물이 맺혀 있었다. 실수라고 생각했지만 늦었다. 일어나 보니 라희는 이미 가 버리고 없었다.

라희는 하굣길에도 보이지 않았다. 단단히 삐진 모양이다. 어떻게 기분을 풀어 줘야 할까. 라희 생각에 빠져 있을 때면 형 생각도 나지 않고 모래바람 소리도 들리지 않는다.

라희를 달래 줄 방법을 생각하고 있을 때 누군가가 내 어깨를 툭 쳤다. 장이었다.

"어, 웬일로 혼자 가네? 여자 친구는?"

"아직은 아니야."

내 말에 장이 고개를 흔들더니 짓궂게 웃으며 말했다.

"같이 가자."

"싫은데."

나는 앞서 걸었다. 따돌림당하는 나에게 다가오는 아이들은 보는 눈이 없을 때만 친한 척이다. 다수가 적이 되는 순간에는 가장 잔인해질 것이다. 장은 따라오며 말을 걸었다.

"배고픈데 뭐 하나 먹고 갈래? 내가 살게."

언젠가 잔인한 적이 될지라도 지금은 나도 배가 고팠다. 학교 앞에는 량피˙를 파는 천막이 보였다. 내 시선을 따라 천막을 살피던 장이 말했다.

"우리, 이러지 말고 시내로 가서 햄버거 어때?"

나도 량피보다는 햄버거가 먹고 싶었다. 그길로 장과 버스를 타고 시내에 있는 햄버거집 앞으로 갔다. 가게 옆에는 꼬치를 파는 손수레들이 있었다.

시끌시끌한 손수레들과 가게 사이에 널찍한 골목이 하나 보였다. 그 사이로 창문이 반쯤 열린 아우디 한 대가 세워져 있었다. 그 안에는 거짓말처럼 라희가 말한 루이비통 지갑이 놓여 있었다. 두어 발짝 더 가서 손만 뻗으면 닿는 거리였다. 햄버거집 안으로 들어가서 장에게 말했다.

"나 갑자기 속이 안 좋아져서 집에 가야겠어."

"무슨 소리야, 여기까지 와서. 기다릴 테니 화장실 갔다 와."

"아니야. 누가 기다리면 불안해서 못 싸. 다음에 내가 햄버거 두 개 살게. 진짜로."

장은 피식 웃더니 알았다고 했다. 장과 헤어지자마자 옆 건물 이 층으로 올라가서 꼬치를 파는 손수레 근처를 살폈다.

닭꼬치를 사는 사람들이 다 사라졌을 때 다시 내려가 손수레 근처

˙ 두꺼운 면에 각종 야채와 양념을 비벼 먹는 중국식 비빔면.

로 갔다. 거리가 한산해지고 골목도 조용해졌다. 다행히 차는 계속 그 자리에 있었다. 차 주인은 아마 근처 가게에 있는 듯했다.

일주일 뒤에는 안닝이 오십만 원을 빌려주기로 했다. 나머지 오십만 원만 구하면 지갑을 살 수 있을 것이다. 하지만 나머지 오십만 원은 어떻게 구한단 말인가. 라희의 뾰로통한 얼굴을 생각하자 마음이 급해졌다. 달콤한 딸기 냄새가 코끝을 스쳤다.

눈앞의 지갑은 햇빛을 받아 더욱 반짝거렸다. 내가 돈을 다 구할 때까지 라희가 기다려 줄까? 저렇게 창문을 열어 놓은 채 아무렇게나 놔둔 지갑이라면 어차피 내가 아니더라도 다른 놈들이 훔쳐가고 말 것이다. 내 안의 어떤 소리가 말했다.

'다른 놈들이 채 가게 두지 마.'

지갑만 손에 넣으면 끝나는 간단한 일이었다. 나는 두어 발짝 걸어 순식간에 차에서 지갑을 빼냈다. 지갑 안의 돈은 전부 꺼내 차 안으로 던졌다.

학교에서 꽤 떨어진 거리였으니 학교 사람들 차는 아닐 것이다. 루이비통 지갑을 들고 다니는 아이들은 국제 학교에도 많고, 이곳저곳 개똥만큼이나 흔할 테니 훔친 지갑이라고 해도 찾아내지 못할 것이다. 나는 애써 불안한 마음을 떨쳐 냈다.

다음 날, 날이 밝자마자 라희 집 앞으로 갔다. 라희가 샐쭉한 얼굴로 집에서 나왔다. 그리고 나를 보자마자 말했다.

"너랑 학교 안 가. 아빠 차나 타고 다녀."

나는 라희의 손목을 잡고 대답했다.

"그날만 나 끌고 가느라 태운 거 알잖아."

라희가 내 손을 세게 뿌리쳤다.

"잠깐만."

나는 다급하게 등에 멘 가방을 내려놓고 가방 지퍼를 열었다. 라희가 뾰로통한 얼굴로 나를 내려다봤다. 나는 가방에서 꺼낸 상자를 내밀었다.

"이게 뭐야?"

"네가 원하는 거."

라희가 퉁명스럽게 상자를 받았다. 상자를 열어 본 라희의 눈이 커졌다. 라희는 흥분을 감추지 못하고 숲 같은 앞머리를 연신 쓸어 넘겼다. 라희의 눈동자가 내 눈에 또렷이 담겼다.

"웬일이야? 이거 어떻게 구했어? 돈 없다더니!"

"중고로 샀어. 누가 중고 거래 사이트에 올렸더라고."

라희가 나를 와락 껴안았다.

"고마워, 진짜 고마워."

라희는 지갑을 들고 폴짝폴짝 뛰었다. 라희가 기뻐하는 모습을 보니 앞으로도 뭐든 훔칠 수 있을 것 같았다.

라희가 내게 팔짱을 꼈다. 지나가는 아이들이 보든 말든 신경 쓰지 않았다. 나도 오랜만에 웃음이 났다. 중국에 온 뒤 처음으로 활짝 웃어 본 것 같았다.

그날 새벽, 누군가가 현관문을 두드렸다. 문을 열어 보니 라희가 서 있었다. 라희의 얼굴에는 생기가 돌고 있었다. 볼도 분홍빛이었다. 자세히 보니 화장을 한 것 같았다. 너무 많이 발랐는지 새빨간 볼이 얼핏 광대 같기도 했다. 라희가 움직일 때마다 화장품 냄새가 났다. 라희가 문이 열린 틈을 기웃거리며 물었다.

"아빠는?"

"없어."

"잘됐네. 우리 엄마도 한국 갔어. 같이 놀러 나갈래?"

나는 라희를 따라 공원으로 갔다.

"배고프다. 잠깐 기다려 봐."

라희는 편의점에서 만두를 데워 왔다. 내가 라희에게 물었다.

"문 연 게 아빠였으면 어쩌려고 했어?"

라희가 싱긋 웃었다.

"도망가려고 했지."

라희와 나는 공원 벤치에 앉아 뜨거운 만두를 후후 불어 먹었다. 적당히 쌀쌀하고 적당히 따뜻한 사 월의 날씨였다. 퀴퀴한 먼지 냄새

사이로 봄이 느껴졌다. 라희는 내 어깨에 기대며 말했다.

"정말 고마워. 난 네가 정말 지갑을 구해 올 줄 몰랐어."

라희는 정말이라는 말을 두 번씩이나 하며 내 팔짱을 꼭 꼈다. 라희의 말캉한 피부가 느껴졌다. 나는 서둘러 팔을 풀었다. 라희가 말했다.

"자장가 불러 줘."

나는 얼굴이 벌게져서 고개를 흔들었다. 자장가라니.

라희가 내 품을 파고들었다. 나는 어정쩡하게 라희를 안은 자세가 되었다. 라희가 말했다.

"고마워."

라희를 천천히, 꼭 껴안았다. 라희는 가만히 안겨 있었다. 스케이트보드를 타는 아이들이 왁자지껄 떠들었다. 잠시 긴장했지만 아이들은 우리를 지나쳐 갔다. 따뜻한 밤공기가 마치 결계라도 되는 양 라희와 나를 감싸고 있었다.

"나는 그만 떠돌고 싶어."

안겨 있던 라희가 갑자기 울음 섞인 목소리로 중얼거렸다.

"너랑 얘기 좀 하려고 했는데 너무 졸리다. 아까 선배님들이랑 너무 많이 돌아다녔나 봐. 다음에 엄마 없을 때 또 만나자."

라희는 금세 잠이 들 것 같았다. 볼이 차가웠다. 짧은 치마가 추워 보였다. 나는 라희의 다리에 옷을 덮어 주었다. 그리고 조용히 자장가를 불렀다.

"잘 자라, 우리 아가. 앞뜰과 뒷동산에 새들도 아가 양도 다들 자는데……."

라희는 잠결에 피식 웃었다.

"우리 엄마는 어릴 때도 영어나 중국어로 된 자장가를 틀어 줬어. 아침에는 영어로 말하고 점심에는 중국어로 말을 걸었지. 그놈의 외국어. 우리나라 말로 부르는 자장가는 정말 오랜만에 듣는다. 아무튼, 이제 우리 사귀는 거야. 알았지?"

나는 고개를 끄덕이고 자장가를 마저 불렀다. 라희는 그대로 잠이 들었다. 나는 라희의 볼을 가만히 쓰다듬었다. 진한 화장이 벗겨지면서 라희의 진짜 생기 있는 볼이 드러났다. 나는 잠든 라희의 머리칼을 오래도록 넘겨 주었다.

4. 백사

일주일이 지났다. 나는 하굣길에 늘 라희를 기다렸다. 학교는 거지 같았지만 라희를 본다는 생각에 집에 갈 때는 기분이 조금 나아졌다. 온통 회색과 흙빛인 도시에 라희의 볼만은 늘 분홍색이었다. 나는 그게 좋았다. 라희만 생각하면 심장에 피가 도는 것 같았다.

쓰레기통 당번인 날이었다. 수업이 끝난 뒤 나는 쓰레기통을 들고 소각장으로 향했다. 쓰레기 소각장은 흙구덩이에 있었다. 바닥은 온갖 오물투성이에 악취가 풍겼다. 하마터면 오줌을 밟고 미끄러질 뻔했다. 나는 간신히 코를 움켜쥐고 통 안에 있는 쓰레기를 소각장에 부었다.

빈 쓰레기통을 들고 돌아서는 순간, 나뒹구는 쓰레기들과 함께 한 여자아이가 구석에 웅크리고 있는 것이 보였다. 가까이 다가가 보니 라희였다. 손이 덜덜 떨렸다.

내가 다가가 일으키기 전에 라희는 구겨진 몸을 겨우 펴서 일어났다. 라희는 걸으려고 할 때마다 고꾸라졌다. 나는 라희를 부축하기 위해 손을 뻗었다.

"만지지 마!"

라희가 내 손을 뿌리치며 날카롭게 소리쳤다. 라희 옆에는 다른 여자애들이 더 있었다. 내가 주춤하는 사이, 여자애 두 명이 동시에 라희를 거칠게 일으켰다. 라희가 말하던 '선배님들'이었다.

한 명은 라희의 목에 팔을 둘렀다. 라희가 잠시 나를 돌아봤다. 나도 라희를 쳐다봤다. 라희가 입 모양으로 말했다.

'꺼져.'

손바닥에 땀이 났다. 라희는 마주친 눈을 부릅떴다. 절대 오지 말라는 신호 같았다. 가까이 가고 싶었지만 발이 떨어지지 않았다. 하교종이 울렸다. 쓰레기통을 들고 운동장 쪽으로 걸어가자 멀리 서 있던 선생이 달려왔다.

"왜 여기 있어? 얼른 교실로 들어가."

나는 머뭇거리며 라희가 사라진 쪽만 쳐다보았다. 섣불리 선생에게 말했다가 라희까지 처벌받을 수 있었다. 선생은 나를 교실 쪽으로 밀어 넣었다.

나는 의자에 앉아 주머니 속 흙을 만지작거렸다. 귀에서 모래바람 소리가 폭풍처럼 들려왔다. 손에서 조각칼을 굴려 보아도 두려움이 사라지지 않았다.

"자, 집에 가기 전에 눈 보호 체조 시작."

선생과 아이들은 눈을 감고 손등으로 눈을 문지르고 있었다. 눈을 감자 눈꺼풀 아래 수천 개의 모래알이 굴러다니는 것 같았다. 나는 벌떡 일어나 교실을 나왔다.

"너 뭐야? 지훈!"

뒤에서 선생이 부르는 소리가 들렸다. 나는 라희가 있던 소각장으로 뛰어갔다. 바닥엔 핏자국이 흥건했다.

핏자국을 따라가 보니 멀리 떨어지지 않은 곳에 곤죽이 된 라희가 누워 있었다. 라희는 피투성이가 된 채 가라고 손짓했다.

"뭐 때문에 이러는 거야?"

라희가 늘 말하던 '선배님들'이 나를 쳐다봤다.

"뭐 때문이냐고?"

선배 한 명이 내 앞에 지갑을 툭 던졌다.

"이거, 저 도둑이 훔쳤거든. 백사 건데."

백사랑. 한국에서도 중국 국제 학교에서도 사고만 쳐서 결국 기부금 내고 지역 사립까지 흘러 들어온 선배다. 잘못 걸리면 맥주 캔이나 교실 백열전구를 빼서 휘두르기로 유명했다. 학교에 가끔 하얀 뱀을 데리고 와서 백사라고 불렸다. 누구든 한번 걸리면 유골함에 실려 비행기를 타게 될 거라고 라희는 자랑처럼 말하곤 했다.

"백사 선배님처럼 세지고 싶어."

그런 말을 할 때면 라희의 분홍빛 볼은 더 붉게 물들었다. 백사가 무서웠지만 라희 얼굴을 보자 이상하게도 두려움이 사라졌다.

  소각장 맨 안쪽 구석에서 백사가 걸어 나왔다. 백사는 피우던 담배를 라희 배 위에 던졌다. 라희는 비명을 지르며 담배를 털어 냈다. 내 심장을 담뱃불로 지지는 것 같았다. 나는 힘겹게 입을 열었다.

  "라희가 아니라 내가 훔친 거야."

  백사가 내 얼굴에 본인 얼굴을 바짝 갖다 댔다. 독한 담배 냄새가 훅 끼쳤다.

  "됐고, 지갑이나 새로 사 와. 아니다. 죗값을 치러야 하니까 지갑 말고 가방으로 사 와."

  "왜 새로 사? 여기 지갑 있잖아. 훔친 죗값은 내가 받을게."

  "이게 도둑 주제에 존나 당당하네. 말까지 짧고. 저년 손 탄 지갑을 나보고 쓰라고? 내가 거지냐? 됐고, 가방으로 사 와."

  "얼만데."

  "지갑은 구천 위안, 한화로 백오십만 원. 가방은 두 배쯤 될 거고."

  나는 숨이 멎는 것 같았다. 백사가 피식 웃으며 말했다.

  "존나 비싸지?"

  백사가 라희의 뺨을 때렸다. 얼어 있던 라희가 불에 덴 듯이 퍼덕였다. 나는 눈을 질끈 감고 소리쳤다.

  "갚을게. 갚을 테니까 그만 때려!"

  백사는 낮은 목소리로 말했다.

"열흘. 열흘 안에 같은 브랜드 가방으로 사 와. 알겠어? 시간 존나 많이 준 거다."

백사는 라희를 일으켜 세웠다. 나도 라희의 한쪽 팔을 부축했다. 라희는 내 손을 뿌리치고 백사 앞으로 가 무릎을 꿇고 울면서 말했다.

"선배님, 흐윽, 죄송합니다……."

라희는 주인에게 꼬리 흔드는 강아지처럼 백사를 올려다보았다. 나는 그 눈빛이 보기 싫어 고개를 돌렸다. 선배들은 라희를 한 번씩 노려보고 자리를 떴다. 라희는 더 몸을 웅크렸다. 선배들이 사라지자마자 라희는 피투성이 입술로 내 얼굴에 침을 뱉었다.

"왜 알은체해? 너 같은 찐따랑 어울리는 거 들키고 싶지 않았다고!"

라희는 힘겹게 팔을 올렸지만 손이 힘없이 내 뺨을 스치고 말 뿐이었다. 라희가 울부짖으며 말했다.

"훔친 거였으면서 왜 거짓말을 해! 미쳤어? 이제 난 끝이야. 선배님들 무리에 끼는 거 다 끝이라고."

"내가 해결할게."

라희가 나를 노려봤다.

"또 훔치게?"

"아니, 어떻게든 해결할게."

라희는 쿨럭쿨럭 기침을 섞어 울면서 말했다.

"난 너처럼 지내기 싫어. 이 문제만 해결되면 다시는 내 앞에 나타나지 마."

나는 고개를 끄덕였다.

"진짜지?"

또다시 고개를 크게 끄덕였다. 귓속에서 계속 모래바람이 불었다. 두통 때문에 머리가 쪼개질 것 같았다. 라희의 입술에서는 피가 멈추지 않고 흘렀다. 셔츠 끝자락으로 라희의 입술을 조심히 닦아 내자 라희가 나를 밀쳤다.

"어떻게든 구해 와. 지갑이든 가방이든. 원래대로 되돌려 놔."

라희는 다시 한번 울음 섞인 목소리로 말했다.

집에 도착하니 아빠가 와 있었다. 현관에 들어서자마자 아빠와 눈이 마주쳤다. 나는 아무 표정 없는 얼굴로 아빠를 바라봤다. 하루가 어떻게 지나갔는지 모를 만큼 피곤했다. 아빠는 내 교복을 보더니 인상을 찌푸리며 말했다.

"웬 핏자국이야. 어떤 놈이야?"

나는 이 층으로 올라가면서 대충 말했다.

"그냥, 지나가다가 묻은 거야."

아빠는 머리를 짚었다.

"과외 선생 가면 얘기 좀 하자."

아빠가 내 어깨에 손을 올렸다. 나는 아빠 손을 떼어 냈다. 아빠가 다시 거칠게 나를 잡았다. 나도 거칠게 아빠를 뿌리쳤다.

방으로 올라가 불도 켜지 않고 책상에 앉았다. 밖에서 쾅쾅 문 두드리는 소리가 났다. 화가 잔뜩 난 아빠 목소리가 들렸다.

"나중에 보자. 다음엔 문을 부숴 놓을 줄 알아!"

'그러거나 말거나.'

어둠 속에서 네 번째 토끼 인형의 몸통에 마이클의 머리를 얹었다. 손가락으로 인형들의 머리통을 쓰다듬고는 책상에 엎드렸다.

초인종이 울렸다. 다섯 시 반일 것이다.

안닝이 이 층 내 방으로 올라와 불을 켰다. 나는 엎드린 채로 말했다.

"꺼요."

안닝은 내 얼굴을 보더니 물었다.

"또 무슨 일 있니? 불은 왜 꺼 놨어?"

아무 대답도 하지 않았다. 안닝이 걱정스러운 얼굴로 나를 바라보는 것이 느껴졌다.

깜깜해도 가로등 불빛 때문에 눈물로 젖은 옆얼굴이 보일 것이다. 창밖으로 가끔 자동차 몇 대가 지나가면서 빛을 비췄다. 잠시 들었던 고개를 다시 무릎 사이에 묻었다.

안닝은 내 옆에 앉더니 아무 말 없이 한 시간을 채우고 일어섰다.

"지훈."

안닝이 일어나면서 나를 불렀다. 고개를 들자 안닝이 흰 봉투를 내밀었다.

"삼천 위안이야. 오십만 원."

나는 봉투를 받았다.

"다음 시간에 보자."

안닝은 말없이 한참 서 있다가 내 등을 한 번 쓰다듬고 나갔다.

침대에 누워 눈을 감았다. 눈을 감아도 라희의 얼굴이 잊히지 않았다. 라희는 전화도 받지 않았다. 나는 라희처럼 눈을 깜빡여 보았다. 손으로 얼굴을 마구 비벼도 라희의 피투성이 얼굴이 더욱더 또렷하게 떠올랐다.

인터넷을 뒤져 보니 가방은 다행히 백사가 말한 가격보다 싸게 살 수 있었다. 같은 브랜드 가방을 사기 위해서는 남은 구 일 안에 백오십만 원을 더 모아야 했다. 돈을 못 구하면 라희는 정말 어떻게 될지도 몰랐다.

집에 뭐 팔 만한 게 없나 생각했다. 술병과 아빠의 옷밖에 떠오르지 않았다. 어디에 팔아야 할지도 모르겠고 돈을 모으기에는 부족할 것 같았다. 돈을 빌릴 만한 아이들도 떠올려 봤지만, 아무도 떠오르지 않았다.

그때 아빠의 서재가 문득 떠올랐다. 왜 그 생각을 못 했지. 눈앞이 서서히 환해지는 느낌이 들었다. 라희가 백사에게 맞는 것보단 내가 아빠에게 맞는 편이 훨씬 나았다. 일 층으로 내려가 보니 아무 인기척이 느껴지지 않았다.

조심스럽게 서재로 들어가 서랍을 전부 열어 보았다. 돈이 될 만한 것은 무엇이든 찾아내야 한다. 서재의 서랍은 대충 열다섯 개쯤 되어 보였다. 일곱 번째 서랍을 열었을 때였다.

번쩍이는 롤렉스 시계가 보였다. 하나가 아니었다. 우선 가장 비싸 보이는 시계 하나를 주머니에 넣었다. 이거면 브랜드 가방 하나쯤은 살 수 있을 것이다.

그 순간 알은체하지 말라던 라희의 말이 떠올랐다. 가슴이 뚫린 것 같았다. 심장으로 가는 피가 멈추는 느낌이 들었다. 나는 고개를 흔들었다. 지금은 라희를 구하는 게 먼저니까 라희가 했던 말을 일일이 곱씹을 시간이 없다.

라희는 전화를 받지 않았다. 아파트 입구로 내려가 라희 방 창문을 쳐다보았다. 라희는 창밖을 자주 내다보곤 했다. 천천히 열을 셀 동안 나타나지 않으면 집 앞으로 찾아갈 생각이었다.

'일, 이, 삼, 사, 오, 육, 칠, 팔……'

라희는 나타나지 않았다. 그때였다. 쿨럭쿨럭 익숙한 기침 소리가 들렸다. 그 소리를 따라가 보니 날카로운 음성이 또렷하게 들렸다.

"이백 위안? 장난쳐? 이게 미쳤나. 선배가 우스워 보여? 너, 좋은 말 할 때 내일까지 이천 위안 가져와. 알겠어?"

처음 보는 아이 하나가 무력하게 울고 있었다. 라희는 옆에 있던 벽돌을 집어 아이의 머리 위로 들어 올렸다. 나는 뛰어가서 라희를 밀치며 소리쳤다.

"도망가!"

아이는 공포에 질린 얼굴로 라희와 나를 번갈아 보더니 이내 뛰기 시작했다. 라희가 나를 밀어냈지만 온 힘을 다해 라희의 다리를 붙잡았다. 라희가 소리쳤다.

"이거 안 놔?"

"안 놔. 절대 안 놔. 왜 이래, 너까지. 제발, 라희야!"

비참한 기분에 눈물이 났다.

"나, 돈 가지고 왔어."

내 말에 초점을 잃었던 라희의 눈동자가 또렷해졌다. 라희는 흥분을 가라앉히고 물었다.

"얼마?"

나는 안닝이 준 봉투와 아빠의 명품 시계를 건넸다.

"이거면 충분할 거야. 네가 백사 취향 알 테니까, 가방 사."

라희의 입술은 피딱지가 앉고 퉁퉁 부어 있었다. 라희가 침을 뱉으며 말했다.

"병 주고 약 주고 하네, 개새끼가."

"미안해. 너도 쟤한테 꼭 사과해."

내 말에 라희가 비아냥거리며 답했다.

"선도부 나셨네."

라희가 이렇게 된 건 전부 내 탓이다. 내가 지갑을 훔치지 않았다면 라희가 피투성이가 될 일도, 다른 아이를 때리는 일도 없었을 거다. 내가 라희를 망쳤다. 나는 힘겹게 라희에게 물었다.

"엄마는 아시니?"

라희가 깔깔 웃으며 내 말을 따라 했다.

"엄마는 아시니? 뭐냐, 그 선생 같은 말투는. 웃겨. 일을 키웠다간 진짜 백사한테 묻힐 거야. 백사보다는 차라리 엄마한테 혼나는 게 나아."

라희는 목을 긋는 시늉을 하며 말했다.

라희의 입술 상처가 벌어지면서 피가 새어 나왔다. 라희는 손으로 피를 훔치며 말했다.

"이제 됐으니까 가."

라희는 뒤도 한번 돌아보지 않고 올라갔다. 나는 주머니 속 토기 인형만 만지작거렸다.

5. 장

라희는 다음 날 등굣길에도 보이지 않았다. 나는 힘없이 누런 운동장을 지나쳐 교실로 들어갔다. 담임은 올 시간이 지났는데도 보이지 않았다.

아이들은 누구 하나를 에워싸고 있었다.

"뭐야?"

옆에 있는 마이클에게 물었다. 곧 캐나다로 떠날 마이클. 축구공이 앞으로 오면 내 배 대신 골대를 겨냥하는 아이다. 언젠가 마이클에게 고맙다는 말을 했었다. 그때 마이클은 말했다.

"나는 문제를 일으키고 싶지 않을 뿐이야. 딱히 네 편을 들고 싶거나 너와 친구가 되고 싶은 것도 아니야. 난 곧 캐나다로 떠날 거니까. 너도 리강이라고 부르지 말고 마이클이라고 불러 줘."

일 년 동안 마이클과 나눈 대화는 그 한 번이 끝이었다.

"선생, 삼십 분 늦는대."

마이클이 으쓱하며 말했다. 나는 손가락으로 아이들이 모인 곳을 가리키며 물었다.

"쟤들은 뭐야?"

"장 알지?"

"응."

"장 아빠가 공안인데 류웨이 아빠를 잡아넣은 적이 있대. 류웨이가 어제 알았나 봐. 장은 이제."

마이클은 손으로 목을 긋는 시늉을 했다.

장은 류웨이에게 일방적으로 맞고 있었다. 나는 안도의 한숨을 쉬었다. 한동안 장이 나 대신 맞을 것이다. 적어도 그동안은 날 잊겠지.

류웨이의 큰 주먹이 장에게 내리꽂힐 때마다 진저리가 쳐졌다. 장은 비명도 지르지 못했지만 번번이 다시 일어섰다. 장이 류웨이에게 달려드는 모습은 우스꽝스러웠다. 매미가 나무에 달라붙는 것 같았다. 류웨이는 쉽게 장을 털어 낸 다음 밟기를 반복했다.

싸움이 아니라 장의 처형식 같았다.

"쟤가 열일곱이라니, 믿기지 않아."

아이들은 류웨이를 보며 수군거렸다. 류웨이는 서른 살, 아니 그 이상으로 보였다. 덩치가 클 뿐만 아니라 얼굴도 산전수전 다 겪은 어른 같았다. 류웨이의 팔에는 검은 털이 수북했다.

"그만해."

누군가 작게 소리쳤다. 류웨이가 장에게만 집중해야 할 텐데. 누군가 대신 희생하지 않으면 다시 내 차례가 될 것이다. 나는 주위를 둘러보았지만 누구 목소리인지 알 수 없었다.

장이 울컥 피를 토했다. 장은 안 그래도 작은 몸을 더욱 작게 굽혔다가 용수철이 튕기듯 튀어 올라 류웨이에게 달라붙었다. 류웨이는 파리를 쫓듯 장을 떼어 내서 다시 밟기 시작했다.

"선생 온다."

누군가 다시 작게 소리쳤다. 그제야 류웨이는 발을 뗐다. 아이들은 십 초도 되지 않아 각자 자리로 돌아가 앉았다.

선생은 나른한 얼굴로 장을 보며 말했다.

"씻고 와라."

장은 비틀거리며 일어섰다.

"부축 좀 해 줘라."

담임은 나를 턱짓으로 가리켰다.

나는 일어서서 장을 부축했다. 장과 친해지면 겨우 시작된 평화가 깨질 수도 있었다. 나는 장을 대충 잡았다. 장은 더욱 비틀거렸다. 보고 있던 담임이 말했다.

"제대로 잡아."

내가 장을 힘주어 다시 잡자 류웨이가 쳐다보는 게 느껴졌다. 나는 서둘러 장을 화장실로 데려갔다. 장은 빨다 만 대걸레 같은 몰골이었다.

장은 세면대에서 피 묻은 얼굴을 씻어 냈다. 세수를 마친 장이 말했다.

"나는 너에게 축구공을 차지 않았어."

나는 장의 말에 아무 대답도 하지 않았다. 지금 그게 무슨 상관이람. 이미 공은 너에게 넘어갔는데. 햄버거 한 번 같이 먹었다고 친구는 아니잖아. 아, 같이 먹지도 않았지. 이제 나는 조용히 남은 기간을 버티면 되는 거다. 눈에 띄지 않게, 필요하다면 숨도 참을 수 있다. 나는 장에게 최대한 차갑게 말했다.

"다 씻었으면 나가자."

"미안하다."

장이 나에게 사과했다.

"아이들이 너를 괴롭힐 때 모른 체한 거 사과할게. 미안해."

나는 착한 척하는 장의 모습에 역겨움을 느꼈다.

뭐라고 쏘아붙이고 싶었지만 적당한 말이 나오지 않았다. 괴롭힘을 당하니 내 마음이 헤아려지기라도 한 건가. 차라리 류웨이가 나았다. 나쁜 놈보다 착한 척하는 놈이 더 싫다.

나는 교실 문 앞에 다다라 장의 팔에서 손을 떼고 냉정하게 말했다.

"기대지 마. 걸을 수 있지?"

장은 고개를 끄덕거렸다. 나는 장보다 먼저 교실 문을 열고 들어가며 중얼거렸다.

"너희한테 사과 같은 거 받고 싶지 않아."

류웨이가 나를 보며 혀를 내밀고 윙크했다. 류웨이의 교복 셔츠에 핏자국이 선명했다.

'미친놈.'

나는 속으로 중얼거리며 고개를 숙였다. 눈에 띄고 싶지 않다. 오로지 그 마음뿐이었다. 라희 문제만으로도 머리가 터질 것 같았다. 라희는 백사와의 일을 잘 해결했을까. 며칠째 등하굣길에 보이지 않았다. 전화도 받지 않고 방의 불은 늘 꺼져 있었다. 다시 선배들과 같이 다니는 거겠지.

장은 비틀거리며 내 뒤를 따라 들어왔다.

6. 붉은 운동장

 수업이 시작되었다. 대각선에 앉아 있는 장의 시선이 느껴졌다. 눈이 마주치자 장은 희미하게 웃었다.

 '왕따끼리 친구라도 되자는 건가?'

 나는 장의 시선을 피했다. 류웨이는 오랜만에 몸을 썼더니 찌뿌둥하다고 지껄이더니 점심시간이 지나자마자 조퇴했다. 류웨이든 장이든 피곤한 건 마찬가지다.

 나는 형이 말했던 외국의 풍경을 상상했다. 야자수 밑에서 얼음 동동 띄운 콜라를 마시고, 낮잠을 한숨 잔다. 형도, 라희도 함께. 나는 나른한 기분이 되어 주머니 속 토기 인형들을 굴렸다. 작은 토기 인형들이 조금씩 바스러졌다. 흙을 좀 더 바르고 바람도 쏘이고, 햇빛에 단단하게 말려야겠다.

 라희 문제에 골몰하느라 한동안 토기 인형을 빚지 않았다. 라희와 있는 동안은 인형을 빚지 않아도 전혀 불안하지 않았다. 라희가 없어진 요즘 나는 다시 잠들지 못한다. 집에 가서 토기 인형을 좀 더 만들어야겠다.

창밖의 나무가 바람에 거칠게 흔들렸다. 거세게 내리던 비는 멈추고 햇빛이 나기 시작했다. 날씨는 좋아졌지만 기분 나쁜 예감이 들었다. 귀 안에서 모래가 서걱거리면서 형의 자전거 페달이 눈앞에 보였다. 나는 고개를 흔들었다. 그날의 기억이 되살아나고 있었다.

라희를 만나거나, 흙을 빚거나. 그러지 않으면 늘 모래 더미에 묻혀 있는 기분이 들었다. 숨도 쉴 수 없다. 기억을 떨쳐 버리기 위해 고개를 다시 세게 흔들었다. 그때였다.

쿵.

멀리서 둔탁한 소리가 울려 퍼졌다. 등줄기가 서늘했다.

아이들이 모두 창가로 뛰어갔다. 나도 아이들 사이를 비집고 창문 밖을 내다봤다. 누런 운동장 한가운데 내리쬐는 햇살을 받으며 라희가 누워 있었다. 라희의 치마는 바람에 걷혀 올라가 있었다. 몇몇 아이들이 휘파람을 불었고 몇몇 아이들은 눈을 가렸다. 나는 단숨에 계단을 뛰어 내려갔다.

다행히 라희는 살아 있었다. 그사이 해가 다시 구름 사이로 천천히 숨어들면서 빗방울이 떨어졌다.

"날씨 한번 지랄 맞네."

선생 한 명이 라희 옆에서 투덜거렸다.

나는 울컥 피를 쏟는 라희의 고개를 옆으로 돌렸다. 피투성이 입술은 많이 가라앉아 있었다. 피딱지는 떨어지고 없었다. 나는 교복 자켓을 벗어 라희의 다리를 덮었다.

형이 중환자실에 있을 때 나는 의사에게 매달렸었다.
"형이 왜 못 일어나는 거예요? 왜 계속 누워만 있어요?"
똑같은 질문을 퍼붓자 지친 의사가 말했다.
"기도 확보가 안 돼서 그래. 최초 발견자가 고개를 돌려서 기도 확보만 했어도 반신마비 정도였을 거다. 핏덩이가 숨구멍을 막는 바람에 그사이 뇌가 죽은 거야."
사고가 난 직후 내가 고개만 옆으로 돌려줬어도 형은 말하고 움직일 수 있었을 거라는 이야기였다. 핏덩이가 형의 기도를 막지 않았다면, 형은 지금보다 괜찮았을 것이다.

나는 울면서 바닥으로 흐르는 라희의 피를 바라보았다. 운동장의 흩날리던 모래가 붉은 피로 물들었다. 햇빛에 반사된 피는 붉고 선명했다. 햇빛은 라희의 피를 마지막으로 비춘 뒤 구름 속으로 완전히 사라졌다. 빗방울이 하나둘 떨어지면서 운동장이 점점 붉어졌다.
라희의 목덜미와 팔다리는 상처투성이였다. 누군가 날카로운 것으로 그은 듯 보였다. 연하게 딱지가 앉고 있었다. 왜 지금까지 알아보지 못했을까. 이렇게 무수한 상처들이 왜 보이지 않은 걸까.

나는 라희의 상처 난 목덜미를 만졌다. 토기 인형을 빚듯이 라희의 목덜미를 계속 쓰다듬었다. 토기 인형과 다르게 라희의 상처는 아물지 않고 자꾸만 벌어졌다.

구급차가 도착하고 선생들이 나를 떼어 낼 때까지 라희의 목을 쓰다듬고 또 쓰다듬었다.

라희가 떠난 뒤 피로 물든 모래를 미친 듯 그러모아 주머니에 넣었다. 운동장에 라희의 피가 조금도 남아 있지 않길 바랐다. 하지만 모래를 모으고 모아도 운동장의 붉은 자국은 사라지지 않았다.

나는 그만두고 운동장 한가운데 주저앉았다.

라희의 핸드폰이 바닥에서 나뒹굴고 있었다. 여기저기 깨진 핸드폰을 집어 주머니 안에 넣었다.

장이 나를 일으킬 때까지 나는 운동장에 멍하니 앉아 주머니 속 라희의 핸드폰만 꼭 쥐고 있었다. 가슴속에서 뜨거운 응어리가 솟구치는 것 같았다.

돈은 다 갚았을 텐데, 도대체 왜? 기한도 닷새나 남았다.

나는 백사가 있는 반으로 뛰어 올라갔다. 복수를 해야 한다는 생각밖에 없었다. 백사 패거리들은 이미 학교를 떠난 뒤였다. 하루 종일 백사 일당을 잡기 위해 거리를 쏘다녔지만 흔적도 찾을 수 없었다.

매일 밤거리를 헤맨 지 사흘이 될 때까지도 마찬가지였다. 학교에서도 거리에서도 그들의 행방을 찾을 수 없었다.

과외 수업 날이 돌아왔다. 안닝과 과외할 기분은 아니었지만 아빠와 문제를 일으켜 싸울 힘도 없었다. 나는 무기력하게 안닝 앞에 앉아 있었고 안닝도 말이 없었다.

나는 과외가 끝나자마자 라희가 있는 병원으로 향했다.

중환자실 문은 굳게 닫혀 있었다. 병실 앞 의자에 앉았다. 피곤이 몰려와 깜빡 잠이 들었다.

잠에서 깨어나도 시간은 그대로인 듯 느껴졌다. 중환자실 문은 여전히 닫혀 있었다. 영원히 이 자리에 앉아 있어야만 할 것 같았다.

한참 기다리자 중환자실로 들어가는 사람이 보였다. 나는 그 사람 뒤를 바짝 따라 들어갔다. 저녁 시간인지 간호사는 한 명밖에 없었다. 간호사는 링거를 체크한 뒤 나를 힐끔 보고 밖으로 나갔다.

라희는 죽은 듯 누워 있었다. 잠시 외출한 건지 라희 엄마 것으로 보이는 가방이 놓여 있었다. 라희의 감은 눈을 가만히 내려다보는데, 라희가 눈을 살짝 떴다. 눈에 핏물이 가득 고여 있었다. 라희의 입술이 달싹거렸다. 라희의 입술에 귀를 갖다 대자 라희가 힘겹게 중얼거렸다.

"가…… 방. 가, 방."

라희는 그 말만 하고 다시 눈을 감았다. 라희가 모래처럼 허물어지고 있었다. 형처럼 모래 더미에 파묻히고 있었다.

라희의 침대 밑으로 가방이 보였다. 가방은 라희처럼 작고 가벼웠다. 나는 그것을 내 가방 안에 쑤셔 넣었다.

중환자실을 나서는데 라희 엄마가 들어왔다. 눈이 퉁퉁 부은 모습이었다. 라희 엄마가 나를 불러 세웠다.

"언제 왔니?"

말없이 고개를 숙였다. 라희 엄마는 내 손을 살짝 잡았다.

"자주 와. 라희가 보고 싶어 할 거야. 라희는 한국 병원에 입원하기로 했어. 곧 한국 들어갈 거야. 여긴 말도 잘 안 통하고……."

나는 고개를 끄덕였다. 라희 엄마는 내 윗옷에 생긴 보풀을 하나씩 뜯어 내며 말했다.

"아직 춥다. 따뜻하게 좀 입고 다녀."

나는 고개를 끄덕였다. 라희 엄마의 입술은 부르터 있었다.

"내가 라희한테 뭘 잘못했을까. 우리 라희, 괜찮겠지?"

"네."

목에서 쉿소리가 났다. 나는 침을 한 번 삼킨 뒤 다시 말했다.

"네. 걱정 마세요."

라희 엄마는 고개를 끄덕였다.

나는 병원에서 나와 집으로 향했다. 아파트 입구에 도착해서 라희 집을 올려다보았다. 아래층의 다른 집들은 환한데 사 층 라희 집만 불이 꺼져 있었다. 맞은편 삼 층 우리 집을 올려다보았다. 불이 켜져 있었다. 아빠 그림자가 어른거리며 창문에 비쳤다. 가슴이 답답해졌다.

현관문으로 들어서니 술병이 늘어져 있었다. 아빠는 테이프가 끊어지듯 뚝뚝 끊기는 목소리로 말했다.

"어디, 갔다, 왔어? 수업 끝나면, 내려, 오라고 했잖아."

"라희가 다쳐서 병원에 갔다 왔어요."

"걔가 누군데?"

어이가 없어서 쓴웃음이 났다. 내가 아빠에게 무슨 얘길 하고 있는 건지.

아빠는 관심 없다는 듯 술만 따랐다.

"이거, 귀한 술이다. 백주 중에서도. 삼십 년짜리지."

아빠는 넥타이를 풀며 자기 손목에 찬 시계를 바라봤다.

"두 번째, 명품 시계야. 드디어 꽌, 시에 성공한 거지. 거래처가 마음을 연 거야. 이 꽌시를 위해서, 내가 맥주 잔에 소주를 얼마나 먹어 댔는지……. 아마 간이 다 썩었을 거다."

아빠는 술잔을 바닥에 두 번 친 뒤 외쳤다.

"깐, 뻬이!"

아빠가 웃었다. 눈은 약간 풀려 있었다.

"이제 사업은 일사천리야. 법인장 정도가 아니라 임원도 넘볼 수 있다고……. 중국 놈들 술이 어찌나 센지. 따라가느라 죽을 지경이야."

아빠는 휘파람을 불었다. 말하며 술이 조금 깼는지 아빠의 말은 더 이상 끊기지 않았다.

"아빠는 이렇게 고생하는데 넌 쥐새끼처럼 여자애 하나 보러 밖으로 나돌기나 하고."

아빠는 웃음을 거두더니 성적표를 가지고 왔다.

"어제 학교에 들렀었다. 성적이 형편없더라. 아빠는 이렇게 성공을 거두는데 너는 뭐 하고 있는 거야?"

아빠의 눈썹이 꿈틀거렸다.

"맨날 흙이나 조몰락거린다며. 선생이 그러더라."

"한국에 가고 싶어요."

아빠의 다른 쪽 눈썹이 꿈틀거렸다.

"헛소리 그만해. 너는 형 몫까지 공부해야 돼."

아무 대답도 하지 않았다. 아빠는 술병을 바닥에 집어 던졌다. 흰색과 붉은색이 섞인 술병은 깨지지 않고 바닥을 요란스럽게 구르며 눈을 어지럽게 했다.

"가려면 스무 살에 가. 세계에서 손에 꼽는 명문 대학에 가면 한국에 보내 주마. 아직 사 년 남았어. 이제 영어는 기본이고, 중국어도 필수야. 중국이 싫으면 말해. 미국 주재원도 신청할 수 있어. 나야 디트로이트도 괜찮고. 어디든 성과만 내면 돼. 한국만 아니면 돼. 거긴 희망이 없어."

나는 아빠의 주절거림을 무시하며 대꾸했다.

"엄마와 형에게 희망이 없는 거겠지."

"뭐라고?"

나는 주먹을 쥐고 또박또박 말했다.

"한국으로 가고 싶다고."

아빠가 이번에는 술잔을 바닥에 집어 던졌다. 술잔은 산산조각이 났다. 아빠의 인생이나 나의 인생처럼 조각조각 부서졌다. 붙여도 절대 온전해질 수 없을 것 같았다. 부서진 유리가 심장에 박힌 듯 아팠다. 발도 따끔거렸다. 유리 조각에 찔렸는지 대리석 바닥으로 피가 조금씩 새어 나왔다. 나는 대리석 바닥에 천천히 번지는 피를 바라봤다. 그리고 낮은 목소리로 말했다.

"서로 죽을 만큼 싫어서, 나아질 희망도 없어서, 한국 안 가는 거 잖아."

"다 너 잘되라고 이러는 거야. 모르겠어?"

아빠가 차갑게 웃었다. 우리는 이렇게 늘 서로 다른 이야기를 한다. 내가 소리쳤다.

"당장 숨도 못 쉬겠는데 여기서 사 년을 어떻게 버티란 거야!"

"자식이 하나라도 성공하지 않으면 사람들이 날 뭘로 보겠냐. 넌 꼭 성공해야 돼. 이번은 넘어가지만 다음에도 또 성적 떨어지면, 알지?"

아빠는 내 옷깃을 움켜쥐었다가 놓았다. 더 이상 대화가 이어지지 않았다. 아빠와 나는 다른 언어를 쓰고 있었다. 나는 입을 다물었다.

"두 번은 없어. 넌 두 명 몫을 해야 한다. 어린애처럼 징징거리지 마.

진시황은 열세 살에 왕이 되고 네 나이에 이미 병사들을 호령했어. 이렇게 나약하게 굴수록 한국은 더욱 못 보내 줘."

아빠는 술병을 주운 뒤 마개를 닫고 유리 찬장에 넣었다. 그리고 차갑게 말했다.

"올라가서 공부해."

나는 절뚝거리며 방으로 올라갔다. 의자에 앉아 유리 조각이 박힌 부분을 짜냈다. 핏속에 유리 조각이 섞여 나왔다. 아빠는 나를 진시황으로 만들고 싶은 걸까. 아니면 자기가 진시황이 되어 측근들을 다 처단하고 싶은 걸까.

가방 안에서 라희의 가방을 꺼냈다. 안에는 노트가 들어 있었다. 가방 손잡이에는 흙투성이가 된 토끼 열쇠고리가 매달려 있었다. 나는 토끼 인형에 묻은 흙을 털었다.

노트를 펼치자 낙서 같은 그림들이 잔뜩 그려져 있었다. 자세히 보니 나와 라희였다. 내가 떠드는 모습, 라희와 걸어가는 모습, 라희 집 앞에서 서로 인사하는 모습이었다. 그림 속 라희는 웃고 있었고 나는 무표정이었다. 나는 그림을 쓰다듬었다.

주머니에서 라희의 핸드폰을 꺼냈다. 핸드폰 전원이 켜지는 것을 보니 다행히 완전히 망가진 것 같지는 않았다. 라희의 메신저가 보였다. 주로 선배들과 나눈 메시지였다. 사진첩 맨 위에는 동영상이 있었다.

누군가 라희를 촬영한 영상이었다. 라희는 헐떡거리며 난간에 매달려 있었다.

"제법인데. 최라희 선수 몇 초나 버티는지 보겠어요. 십 초 이상 버티면 올려 줄게."

백사 일당의 목소리였다.

"너, 까불면 이거 뿌려 버린다. 완전 흑역사일걸?"

"선배님, 용서해 주세요. 닷새, 닷새나 남았잖아요."

"그때가 되어도 똑같을 것 같은데."

"약속해요. 제, 제발요."

라희는 난간에 매달려 힘겹게 말했다. 라희의 얼굴이 흔들렸다. 백사 일당 가운데 한 명이 라희의 얼굴에 침을 뱉었다. 라희의 얼굴을 타고 진득한 침이 흘러내렸다.

깜깜한 영상 속에서 백사 일당의 목소리만 들렸다.

"어쭈, 한번 잡아 보시지."

라희가 소리를 질렀다. 핸드폰 동영상은 라희가 떨어지는 소리를 끝으로 온통 검은색이었다. 나는 검은색 화면을 한참 바라봤다. 화면은 오 분이나 더 검은색 화면으로 채워져 있었다. 영상 끝에는 내가 흐느끼는 소리와 라희가 아파하는 소리가 어지럽게 녹음되어 있었다.

거실로 내려가자 아빠가 누군가와 통화를 하고 있었다. 나는 조용히 현관문을 열고 밖으로 나왔다. 근처 주유소에 들어서자 직원이 양치질을 하면서 나왔다.

"기름 한 통 주세요."

내 말에 직원은 무표정한 얼굴로 통에 기름을 부었다. 나는 기름통을 든 채로 거리에 나섰다. 백사 일당을 찾기 전에는 집으로 들어갈 수 없다.

오물이 나뒹구는 거리를 몇 군데나 지나쳤을까. 계속 맡다 보니 악취에도 무감각해졌다. 시간이 더 흐르자 배도 고프지 않고 목도 마르지 않았다. 나는 새벽까지 거리를 쏘다녔다.

그때였다. 익숙한 차 한 대가 눈에 들어왔다. 햄버거집 골목에서 본 바로 그 아우디였다. 백사의 차라는 걸 알았다면 절대 여기서 지갑을 훔치지 않았을 것이다. 차 안에는 백사와 그 일당 두서넛이 술에 취했는지 약에 취했는지 널브러져 있었다.

나는 망설임 없이 차 안에 휘발유를 끼얹었다. 시트가 축축해질 정도로 휘발유를 부었는데도 아무도 일어나지 않았다. 나는 성냥불을 그어서 던졌다. 불이 붙기 시작하자 백사 패거리들은 차례대로 약을 먹은 벌레들처럼 밖으로 기어 나왔다. 밤거리에 검은 연기가 치솟았다.

길거리의 악취와 기름 냄새가 섞여 토악질이 났다. 백사가 나를 알아보고 다가와 내 멱살을 잡았다.

"이 새끼가 미쳤나? 뭐 하는 짓이야!"

백사는 간신히 거기까지 말하고 비틀거리며 바닥에 쓰러졌다. 불이 붙은 다른 일당들도 차에서 기어 나와 콜록거리고 있었다. 불붙은 윗옷을 힘겹게 벗고 있는 백사를 지켜보다가 나는 그대로 뛰었다. 백사의 애완 뱀이 긴 혀를 날름거리며 내 발목을 휘감아 올 것 같았다.

  나는 악취가 나는 골목들을 지나, 환한 빵집을 뒤로하고 여러 손수레와 사람들, 듬성듬성 서 있는 아파트를 지나쳤다. 쉬지 않고 뛰고 또 뛰었다. 온몸이 땀으로 흠뻑 젖었다. 기름통은 길거리 아무 데나 던져 버렸다. 집으로 어떻게 돌아왔는지도 희미한 채로, 나는 그대로 정신을 잃었다.

7. 류웨이

나는 이불 안에서 꼼짝도 하지 않았다. 아빠가 올라와서 이불을 걷었다.

"얼른 일어나."

경찰이 나를 잡으러 온 것일까. 커튼을 열어 보았다. 다행히 경찰차는 없었다. 심장이 두근두근 뛰었다. 거실로 내려가 보니 달걀프라이와 빵이 있었다.

"아빠는 오늘부터 출장이야. 챙겨 먹고 나가."

나는 빵 하나를 든 채 가방을 메고 거리로 나갔다. 거리는 아무 일도 없었던 것처럼 조용했다. 간밤에 불을 지른 일도 백사를 다치게 한 일도 다 꿈인 것만 같았다. 새벽에는 설핏 꿈을 꾸기도 했다. 나는 형과 늠름하게 말 위에 앉아 군사들을 호령했다. 무엇이 꿈이고 무엇이 현실인지 잘 분간이 가지 않았다.

어제 백사 일당이 있던 곳으로 가 보았다. 거기에는 차도, 백사도, 아무것도 없었다. 나는 더러워진 운동화를 내려다봤다.

허기가 몰려왔다. 거리에는 손수레들이 늘어서 있었다. 아침을 먹고 있는 사람들 틈에 끼어 국수를 한 그릇 시켰다. 따뜻한 국물을 한 모금 마시고 들고 있던 빵도 베어 물었다. 속이 따뜻해지자 정신이 좀 돌아오는 것 같았다. 나는 라희의 병원 쪽으로 발을 옮겼다.

중환자실 문 앞에 서서 안을 들여다보니 라희 엄마가 보였다. 라희 엄마는 나를 발견하고 문을 열었다.

라희의 하얀 목덜미에 작은 구멍이 나 있었다. 작은 구멍에 연결된 호스가 라희가 숨 쉬고 있다는 사실을 말해 줬다. 라희에게 풍기던 딸기 냄새는 소독약 냄새와 섞여 찾을 수 없었다. 침대 옆에는 소변 줄과 연결된 소변 통이 있었다. 나는 소변 통을 슬쩍 밀어서 침대 밑 안 보이는 곳에 숨겼다.

"라희가 겨우 고비를 넘겼어."

라희 엄마가 울음 섞인 목소리로 말했다.

"깨어날 때까지 제가 매일 밤 있을게요."

"아니야. 그럴 필요 없어. 아줌마가 있으니까. 학교는 아직 안 간 거야?"

"이제 갈 거예요."

"그래, 얼른 가. 공부 열심히 해야지. 라희는 안정된 다음 한국으로 옮길 것 같아."

라희 엄마는 내 등을 두드린 뒤 다시 라희 옆에 앉았다. 라희의 앞머리는 땀에 젖어 있었다.

교실에 들어서자 류웨이가 보였다.

"얼씨구? 지각이네."

류웨이가 나를 보고 윙크를 했다. 나는 류웨이를 노려보았다. 그러자 류웨이는 순식간에 달려와 내 목을 밀고 그대로 난간으로 향했다. 아이들이 "우우!" 하며 따라 나왔다.

"어딜 노려봐, 한국 놈이. 배신자들."

류웨이는 복도 바닥에 침을 뱉었다.

"턱걸이 게임 아냐? 한번 해 볼래? 사 층에서 턱걸이 하다가 떨어지면 어떻게 될까. 손이 닿기 전에 턱이 박살 나면서 땅으로 내리꽂히겠지. 너도 해 볼래? 참, 먼저 떨어진 걔는 어떻게 되었는지 아냐?"

류웨이는 턱짓으로 운동장 쪽을 가리키며 빙긋 웃었다. 악마 같은 새끼. 나는 놈의 목을 졸랐다. 아니 조르고 싶었다. 마음은 백 번이라도 할 수 있을 것 같은데 몸이 말을 안 들었다.

류웨이가 나를 다시 밀었고, 내 몸은 난간 턱에 부딪혔다. 나는 류웨이 손에 거꾸로 세워졌다가 다시 바로 세워졌다.

"어떤 자세가 좋을까."

나는 류웨이의 손안에서 놀아나는 인형 같았다. 류웨이와 나는 키가 십 센티미터 넘게 차이가 났다. 류웨이는 백팔십 센티미터가 넘는

키에, 몸무게도 백 킬로그램은 족히 되어 보였다. 이 거구를 이길 수 있는 방법은 없어 보였다.

류웨이는 내 멱살을 잡고 나를 창문 밖 허공에 세웠다. 얼굴이 난간에 부딪히면서 비릿한 쇠 맛이 났다.

"잡아."

류웨이는 싱긋 웃으며 말했다.

이미 팔이 저절로 난간을 잡고 있었다. 류웨이는 내게서 완전히 손을 떼고 소리쳤다.

"꽉 잡아. 팔에 힘 풀리면 죽는 거다."

류웨이는 혀를 내밀며 윙크했다. 라희의 중얼거리던 입이 생각났다. 핏물이 고인 눈동자와 터진 입술도 떠올랐다.

나는 죽어라 난간에 매달렸다. 내가 여기서 살아 올라가면 기필코 류웨이를 죽여 버리겠다는 생각만 했다. 죽인다. 놈을 죽이고 나도 죽는다. 그때 누가 내 팔을 잡았다. 장이었다. 류웨이가 장에게 말했다.

"죽고 싶냐?"

장이 내 팔을 잡은 채로 류웨이를 보며 차분하게 말했다.

"선생님 오셔."

류웨이는 장의 말에 한 걸음 물러났다. 그리고 복도 바닥에 침을 뱉은 뒤 장에게 말했다.

"좀 이따 보자."

장은 류웨이의 말을 무시하고 나에게 손을 내밀며 말했다.

"올라올 수 있겠어?"

나는 장의 손을 잡고 장의 팔목에 필사적으로 내 손톱을 박았다. 장의 손이 떨리고 팔목에는 상처가 났다. 올라가면 류웨이를 죽일 테다.

내가 장의 팔을 세게 움켜쥐자 장의 상반신이 허공에 끌려 나왔다. 이러다 장도 떨어질 것 같았다. 내 마음을 읽은 듯 장이 말했다.

"걱정하지 말고 올라와."

장의 몸을 잡고 힘겹게 올라오니 뒤에 서 있던 류웨이가 빙긋 웃었다. 나는 괴성을 내지르며 류웨이에게 달려들었다. 장이 내 허리를 안으며 작게 말했다.

"네가 이길 상대가 아니야. 선생 거의 다 왔어."

류웨이는 입을 쭉 내밀었다. 류웨이의 털북숭이 팔이 짐승의 팔처럼 보였다. 저 팔에 생채기 하나 내기 힘들겠지. 무력감이 몰려오며 어지러워서 비틀거렸다. 토할 것 같았다.

류웨이를 죽여 버리겠다는 다짐과 달리 다리에 힘이 풀려 털썩 주저앉았다. 장은 나를 의자에 앉히고 휴지로 내 얼굴에 묻은 피를 닦아 주며 말했다.

"류웨이 저 미친놈, 작년에 한국 여자애한테 차인 뒤로 제정신이 아니야. 한국 애들은 무조건 배신자래. 학교에서 뛰어내린다고 소동도 일으켰었어. 덩치는 커도 저렇게 막무가내는 아니었는데 네가 재수 없게 걸린 거야. 한국 애들만 보면 달려드니까. 그 여자애는 한국으로 돌아갔어."

장은 어깨를 으쓱했다.

어이가 없었다. 나는 류웨이를 쳐다봤다. 류웨이는 나와 장을 계속 주시하고 있다가 입 모양으로 '뭐?'라고 말했다. 그런 유치한 이유 때문이었다니. 끝이 보이지 않는 싸움이 더 아득하게 느껴졌다. 피곤했다.

선생은 교실로 들어와 나의 헝클어진 머리와 엉망이 된 교복을 보고 쯧쯧 혀를 찼다. 수업이 시작되었지만 어차피 못 알아듣는 내용이었다. 나는 연습장을 폈다. 라희는 왜 도망치지 못했을까. 왜 혼자 모래 속에 파묻혀 버린 걸까.

연습장에 라희 얼굴을 그려 보았다. 잘 울던 눈, 둥근 코, 작은 얼굴과 딸기 냄새가 나던 입술. 눈을 가리는 앞머리.

라희의 목덜미에 있던 작은 구멍이 떠오르자 숨이 막혔다. 나는 조각칼을 꺼냈다. 며칠째 아무것도 빚지 못하고 있다. 토기를 빚지 못하는 하루하루가 지날수록 마음이 초조해졌다. 병사들을 몇 개나 지니고 있어야 안심할 수 있을까. 겁이 났다. 앞이 보이지 않을 정도로 병사들이 날 에워쌌으면 좋겠다.

나는 칼을 살짝 손목에 대 보았다. 칼끝에 손목이 긁혀서 피가 배어났다. 손을 쓰다듬자 손이 모래처럼 바스러졌다. 손목 끝은 진흙처럼 찐득하게 말라 갔다. 나는 비명도 지르지 못한 채 손목을 응시했다. 잘린 손목에서 검은 진흙이 흘러내렸다.

눈을 비비고 다시 보자 손은 그대로였다. 옆에서 병사들의 함성이 들렸다. 모래바람이 분다. 마치 진시황이 된 것처럼 의기양양해졌다. 나는 자리에서 벌떡 일어났다.

"뭐야?"

선생이 성큼성큼 다가오며 말했다.

"죽고 싶은 거야?"

선생의 말투는 류웨이와 비슷했다.

병사들의 함성 소리와 모래바람은 순식간에 사라졌다. 꿈도 아닌데 말발굽 소리가 계속 들려온다. 나는 다시 자리에 앉았다. 선생은 혀를 찼다.

"차라리 엎드려 자라."

선생 말대로 하지는 못했다. 라희가 사고를 당한 뒤로 하루도 제대로 잠들 수 없었으니까.

집에 도착해서 다섯 번째 토기를 조각하고 있는데 전화가 울렸다. 라희 엄마였다.

"지훈아, 라희 오늘 떠나기로 했어."

나는 전화를 끊고 그대로 뛰어나갔다. 병원에 도착했을 때 라희는 막 구급차에 실리고 있었다.

"우리 라희, 이제 한국으로 가."

라희 엄마는 희미하게 웃으며 말했다. 나는 라희 엄마와 함께 라희를 데리고 공항으로 향했다.

라희 엄마는 더 이상 울지 않았다. 라희는 침대에 실린 그대로 비행기에 탑승한다고 했다. 나는 멍하니 라희를 바라봤다. 뼈밖에 남지 않은 라희의 손목이 이불 밖으로 나와 있었다. 라희의 몸은 약간의 진동에도 부서져 버릴 것 같았다. 분홍빛이었던 볼은 창백한 푸른빛이 돌았다. 나는 라희의 볼을 만지기 위해 손을 뻗었다. 간호사가 내 손을 쳐 냈다. 라희 엄마가 나를 보며 말했다.

"시간 많이 뺏어서 미안했어. 라희가 지훈이 널 많이 좋아한 것 같길래, 가는 길에 보여 주려고. 고마워."

라희 엄마의 말에 아무 대답도 하지 못했다.

"잘 지내. 한국 오면 라희도 보러 오고."

나는 고개를 끄덕였다. 라희 엄마는 수속을 밟고 출국장으로 들어갈 때까지 한 번도 뒤돌아보지 않았다. 나는 라희가 완전히 사라지는 모습을 지켜봤다.

집으로 돌아와서 커튼을 다 쳐 놓고 불도 켜지 않았다. 집은 작은 무덤 같았다. 학교도 가지 않았다. 아빠가 없는 삼 일 동안 꼼짝도 하지 않고 캄캄한 집에 있었다.

아빠가 출장에서 돌아온 날, 할 수 없이 학교에 가자 또 누군가가 두들겨 맞고 있었다. 싸움이 끊이지 않는 학교는 투견장 같았다. 오늘만큼은 조용히 있고 싶었는데 바람대로 될 리가 없다. 라희는 한국에 잘 도착했을까.

나는 책상에 엎드렸다. 라희의 창백한 볼이, 뼈밖에 남지 않은 앙상한 손목이 눈앞에 어른거렸다. 서랍 안에 있는 조각칼을 꺼내 만지작거렸다. 뭐라도 빚지 않으면 미칠 것 같았다.

그때 웅성거리는 소리가 커졌다. 누군가 외마디 비명을 질렀다. 언뜻 라희 목소리 같기도 했다. 나는 조각칼을 든 채로 일어났다. 한쪽 손목에서 또다시 진흙이 뚝뚝 떨어지는 것 같았다.

나는 날카롭고 새된 비명을 따라서 걸었다. 몰려 있던 아이들 몇 명이 조금씩 물러나면서 그 사이로 장이 두들겨 맞는 모습이 보였다. 또 류웨이였다.

라희의 비명 소리가 아니었다. 긴장했던 어깨가 축 처졌다. 라희가 옆에 없다는 것이 온몸으로 느껴졌다. 몸이 서서히 떨렸다.

왜 그때 바로 따라가지 않았을까.

왜 진작 말리지 않았을까.

왜 계속 같은 후회를 하는 걸까.

류웨이는 오늘따라 장을 죽일 작정인 듯 패고 있었다. 장은 맞을 때마다 외마디 비명을 지르며 무릎을 꿇었다. 그러다가 바닥에 엎어져서 미동도 없었다.

라희가 함께 있을 때는 살아남아서 이곳을 나가야겠다는 의지밖에 없었다. 최대한 눈에 띄지 않게 조용히, 초식 동물처럼 풀만 뜯으며 버티고 싶었다. 그런데 이제는 뭘 위해 버텨야 할지 모르겠다. 형도 없고 라희도 없다.

류웨이는 사정없이 장의 등을 짓밟았다. 장은 얌전히 누워 있었다. 나는 류웨이가 의자를 들어 장을 내리치려는 순간, 나도 모르게 소리쳤다.

"그만해!"

내 입에서 나온 말은 한국말이었다. 아이들이 웅성거렸다. 류웨이가 나를 향해 성큼성큼 다가왔다.

"죽고 싶냐?"

나는 가만히 류웨이를 쳐다보았다. 류웨이는 어이가 없다는 듯 웃고 있었다. 류웨이의 시뻘게진 얼굴과 몸에서 아지랑이가 피어오르는 것 같았다. 괴물 같은 놈.

류웨이가 내 얼굴 앞에 자기 얼굴을 갖다 댔다. 나는 이제 두려울 게 없었다. 그래, 너부터 죽이고 백사 일당도 다시 찾아서 전부 없애는 거다.

나는 조각칼을 허공으로 치켜올렸다. 말발굽 소리가 들린다. 모래바람이 분다. 입안에서 모래가 씹혔다. 하나도 무섭지 않았다. 나는 낮게 휘파람을 불었다. 내 뒤에 형이 있는 것 같았다. 형, 어떡할까. 대답 없는 형에게 물었다.

나는 의자 위에 올라섰다.

"아."

아이들의 소리에 류웨이가 고개를 들었다. 류웨이는 허공에 있는 내 조각칼을 보자마자 한 걸음 뒤로 물러섰다. 그때 누군가가 소리쳤다.

"안 돼!"

형의 목소리, 아니, 라희의 목소리 같았다. 남자와 여자 목소리가 한데 섞인 것 같기도 했다.

나는 류웨이의 목을 향해 가던 조각칼을 틀어 내 어깨를 그었다. 푸른 교복이 찢기면서 붉은 피가 배어 나왔다. 나는 아직 진흙으로 변하지 않았다. 살아 있다. 라희의 붉은 피처럼 내 몸에서도 피가 흐른다. 라희는 잘 도착했을까. 깨어나긴 할까. 다시 뺨이 분홍빛으로 물들 수 있을까.

"그만둬."

이번에는 형의 목소리다. 형은 살아 있는 걸까? 숨만 쉴 수 있게 해주는 기계를 달고 있는 형. 형이 말할 수 있었다면 '야, 나 삶은 야채 같지 않냐?'라고 했을 것이다. 그다음엔 배가 아플 정도로 낄낄 웃을 테지. 죽은 거나 다름없는 형. 형과 라희가 미치도록 보고 싶었다.

내 눈빛을 본 류웨이가 멈칫했다. 아이들이 야유를 보냈다. 류웨이는 주먹을 쥐고 분한 듯 눈알을 희번덕거리며 다가왔다. 나는 의자에서 내려와 다시 한국말로 중얼거렸다.

"한 걸음만 더 와."

싱긋 웃음이 나왔다. 류웨이는 발을 멈추더니 목을 좌우로 꺾었다.

류웨이는 더 이상 가까이 오지 않았다. 병사들도 연기처럼 사라졌다. 주위 아이들은 조용히 자리에 앉았다. 류웨이도 자리에 앉아 아무 일도 없다는 듯 교과서를 폈다. 선생이 들어왔다. 선생은 한 바퀴 둘러보더니 건조한 목소리로 말했다.

"웬일이니? 오늘은 아무 일도 없나 보네. 축구하는 날이니까, 다들 운동장으로 나가. 지훈은 어깨가 왜 그래? 보건실 다녀와."

나는 보건실로 가지 않고 운동장으로 나갔다. 보호 장비도 하지 않았다. 두려울 게 없었다. 어깨에서는 피가 흘러나왔다. 나는 아이들의 얼굴을 하나하나 노려봤다. 아이들은 나와 눈을 마주치지 않으려고 애썼다. 아무도 나를 향해 공을 차지 않았다.

축구공을 눈으로 좇다가 벤치에 털썩 주저앉았다. 장이 내 옆에 앉아서 말했다.

"고마워."

장이 나에게 손을 내밀었다. 나는 그 손을 뿌리쳤다.

머릿속이 온통 라희 생각으로 꽉 차 터질 것만 같았다.

장은 내 옆에서 계속 지껄였다.

"넌 내 형제야. 앞으로 널 위해서는 뭐든지 할게."

나는 피식 웃었다. 그놈의 짠시. 형제? 웃기고 있네. 아빠의 명품 시계가 떠올랐다. 장을 내버려두고 일어섰다. 장도 일어섰다. 장의 얼굴에 대고 차갑게 말했다.

"착각하지 마. 널 구해 주고 싶어서가 아니라 내가 죽고 싶어서 벌인 일이야."

장은 물끄러미 날 바라보며 말했다.

"어쨌든 널 위해서는 뭐든지 할 거야. 네가 오기 전 축구공은 나를 향했으니까. 너한테 빚진 기분이야."

"웃기지 마. 한 번씩 서로 구해 준 거니까 빚은 없어."

나는 장을 뒤로하고 교실로 들어왔다. 장은 계속 내 주변을 맴돌았다. 이따 장을 조각할 계획이었지만 잠시 멈췄다. 토기를 빚을 힘도 없었다.

그날 이후로 류웨이는 우리를 더 이상 건드리지 않았다.

조각칼 사건 덕분인지 학교생활은 수월해졌다. 내가 토기를 조각하고 있어도 누구 하나 시비 거는 일이 없었다. 선생도 나를 내버려뒀다. 나는 장과 나란히 앉아 오랫동안 반 아이들의 표정을 조각할 수 있었다.

8. 장의 집

"너, 조각칼 들고 설쳤다며?"

아빠가 넥타이를 풀며 말했다.

"담임 만났다. 봉투도 줬어. 한 번만 더 그런 짓 하면 퇴학이야."

나는 피식 웃음이 났다. 아빠는 손을 내밀며 말했다.

"조각칼 내놔."

나는 고개를 흔들었다. 아빠가 한 발 더 다가와서 소리쳤다.

"조각칼 내놓으라고!"

아빠가 내 가방을 낚아챘다. 잡고 버텼지만 아직 힘이 부족했다. 아빠는 거칠게 가방을 열어 바닥에 물건들을 쏟았다. 가방에서 조각칼이 떨어졌다. 아빠는 바닥에 떨어진 조각칼을 주워 자기 주머니에 넣었다.

"압수야. 다시는 이런 거 가지고 다니지 마."

아빠가 나를 노려봤다. 나도 피하지 않고 두 눈을 응시했다. 우리는 서로 아무 말도 하지 않은 채 한참을 서 있었다.

아빠와 나 사이로 검은 구멍이 보였다. 너무 깊고 어두워서 건널 엄두도 나지 않았다. 아빠는 입을 떼고 무거운 목소리로 말했다.

"할 말 있으면 해."

나는 고개를 저었다. 이제 보니 아빠는 술을 마신 것 같았다. 아빠가 벽에 기대서 말했다.

"곧 형 몸에서 기계를 뗄 거야. 알아는…… 둬."

어이가 없었다. 마치 약한 자식은 절벽에서 떨어뜨리는 수컷 사자 같은 표정이었다. 아빠 입을 벌려 보면 반쯤 뜯어 먹힌 짐승의 사체가 들어 있을 것 같았다.

나는 아빠의 가슴팍을 쳤다. 아빠는 돌처럼 조금도 흔들리지 않았다. 아빠가 냉담하게 말했다.

"말하지 말걸 그랬나. 때가 되면 마음은 알아서 추슬러져."

나는 주먹을 꽉 쥐었다. 눈물이 툭 떨어졌다. 귀를 막았지만 손가락 틈 사이로 아빠의 목소리가 비집고 들어왔다.

"네 형은 숨만 쉴 뿐이지, 이 년 전에 이미 죽은 거나 마찬가지야. 우리도 꽤 오래 버텼지."

아빠는 방으로 들어가서 문을 닫았다. 나는 괴성을 지르고 싶은 마음을 겨우 누르고, 내 방 대신 현관문 앞으로 걸어갔다.

그때 무언가가 내 발을 깊게 찔렀다. 며칠 전 아빠가 깨뜨린 술잔의 유리 조각인 것 같았다. 발바닥을 들어서 보니 투명하고 날카로운 유리가 깊게 박혀 있었다. 나는 눈을 질끈 감고 유리를 빼냈다. 피가 뚝 떨어지면서 온몸에 통증이 퍼졌다. 나는 피가 흐르는 발을 그대로 신발에 구겨 넣었다.

집 밖으로 나오자 타는 냄새가 코를 찔렀다. 밤공기는 탁했다. 절룩거리며 걸은 지 십 분도 되지 않아 목구멍이 따갑고 숨이 차올랐다. 미처 빼지 못한 유리 조각이 남아 발바닥에 더욱 깊게 박히는 것이 느껴졌다.

눈물이 나려고 해서 고개를 흔들었다. 집으로 다시 들어가긴 싫은데……. 어디로 가야 할까. 그때 장이 떠올랐다.

나는 장의 아파트로 절룩거리며 걸었다. 문 앞에서 장을 불렀지만 문은 열리지 않았다. 두어 번 더 불러 봤지만 아무 소리도 들리지 않았다. 포기하고 돌아서려는데 현관문이 조용히 열렸다. 장이었다.

"무슨 일이야?"

장은 더 이상 묻지 않고 대답 없는 나를 집 안으로 들였다. 집 안으로 들어서자 마룻바닥에 핏자국이 찍혔다. 구급상자를 가져온 장은 침착하게 발을 소독하고 피를 닦아 낸 뒤 반창고를 붙여 주었다.

장이 물었다.

"우리 집은 어떻게 알았어?"

"연락망 있잖아. 거기서 찾았어."

장은 내 말에 고개만 끄덕였다. 장이 구급상자를 정리하고 있을 때 장의 아빠가 들어왔다.

"왜 그래? 무슨 일이니?"

장의 아빠는 내 발바닥과 피 묻은 솜들을 보고 안쓰러운 얼굴로 혀를 찼다.

"어쩌다 이렇게 됐어? 우선 여기 앉아라."

장의 아빠는 나를 소파에 앉혔다. 장의 집은 방금 이사 온 집처럼 소박했다. 거실 구석에 있는 박스에는 장의 옷가지와 책이 담겨 있었다.

식탁에는 백주와 만두 두어 개가 놓여 있었다. 멍하니 만두를 바라보고 있자 장이 물었다.

"만두 좀 먹을래?"

나는 고개를 끄덕였다. 뭘 먹어 본 게 언제였는지 기억이 나지 않았다. 장은 익숙한 솜씨로 냉동실에 있는 만두를 더 꺼냈다. 그리고 작은 주머니 같은 만두들을 접시에 빠르게 옮겨 담았다. 몇 분 되지 않아 만두 냄새가 집 안 가득 퍼졌다. 배가 고파서 찌르는 듯이 아팠다. 장은 간장에 고춧가루와 후추를 톡톡 뿌려 함께 내놓았다. 나는 열 개 남짓한 만두를 순식간에 허겁지겁 먹어 치웠다. 장은 만두 열 개를 더 꺼내 데웠다.

어느 정도 배가 차자 장의 아빠가 눈에 들어왔다. 장의 아빠는 호리병에서 백주를 혼자 따라 마시고 있었다. 그가 술잔을 들며 말했다.

"이거 먹으면 발바닥 하나도 안 아플 텐데. 먹어 볼래?"

장이 아빠에게 소리쳤다.

"무슨 헛소리야! 정신 좀 차려. 몇 달 만에 집에 와서는."

장의 아빠는 들고 있던 술을 들이켜더니 갑자기 소리를 질렀다.

"내가 뭐!"

"뭐냐니! 학생한테 술을 권하는 게 말이 돼?"

장이 내처 나무라며 잔뜩 취한 아빠를 노려봤다.

"내가 뭘 잘못했다는 거야? 오백 위안 벌어 보겠다고 아기 업고 탈북한 여자를 사지로 내몰라고?"

장의 아빠는 마치 편을 들어 달라는 듯 나를 쳐다봤다. 하지만 나는 무슨 얘기인지 이해할 수 없었다. 장의 아빠는 딸꾹거리며 말했다.

"어이, 장 친구, 너도 내가 잘못했다고 생각하는 거야?"

장이 아빠를 말렸다.

"쟨 아무것도 몰라. 그만해."

장의 아빠는 쉬지 않고 중얼거렸다.

"썩을 놈의 세상."

벽에는 감색 공안복이 걸려 있었다. 동그란 얼굴에 동그란 눈을 하고 있는 장의 아빠가 공안복을 입은 게 잘 상상되지 않았다. 공안복은 야무지게 입을 다물고 있는 장에게 더 어울릴 것 같았다.

"하, 속 터져."

장은 가슴을 탕탕 치더니 방으로 들어갔다. 나는 만두 접시를 들고 장을 따라 들어갔다.

책상 위에는 작은 스탠드와 노트만 있을 뿐 별다른 게 없었다. 장이 말했다.

"항상 저런 식이야. 대책 없지. 이제 도와줄 사람도 없어. 다음에 또 탈북자를 도우면 우리는 거리에 나앉고 말 거야."

장이 마른세수를 했다. 눈 밑이 시커멓고 피곤해 보였다. 나는 장에게 물었다.

"엄마는?"

장은 무심하게 말했다.

"만두나 먹어."

장은 만두에 손도 대지 않았다. 장의 배에서 꼬르륵 소리가 들렸다.

"너는 왜 안 먹어?"

장이 질렸다는 듯이 말했다.

"너나 먹어. 난 만두는 물렸어. 너, 만두 만들어 봤어?"

나는 만두를 씹으며 고개를 흔들었다.

"우리 집 냉동실엔 만두피가 한가득 있어. 아빠가 만두를 정말 좋아하거든. 만두 먹고 싶으면 언제든지 와. 다른 건 몰라도 만두라면 늘 있으니까. 돼지고기 삶고 야채 다져서 소 만들고, 요령껏 빚으면 돼. 이제 눈 감고도 할 수 있어. 너, 나중에 나랑 만두나 만들자. 먹기는 싫지만 만드는 건 재밌거든. 나, 씻고 올게."

장은 한참 동안 씻었다. 나는 방문을 빼꼼 열어 보았다. 장의 아빠는 꾸벅꾸벅 졸고 있었다. 만두를 또 삶아 놓았는지 식탁에는 김이 모락모락 나는 만두가 두 접시 놓여 있었다.

나는 거실로 나갔다. 접시 위에는 만두가 다섯 개씩 놓여 있었다. 입을 굳게 다문 만두를 하나씩 꼭꼭 씹어 먹었다. 장은 씻고 나오더니 빈 접시를 보고 피식 웃었다.

"배가 아주 많이 고팠나 보네."

만두로 배가 터질 것 같았다. 장에게 한국 가는 걸 도와 달라고, 형과 라희를 봐야 한다고 말하고 싶었는데 어떤 말도 나오지 않았다.

"너, 무슨 부탁 있는 거 아니야?"

나는 장의 눈을 봤다.

"아무것도 아니야."

장은 피식 웃으며 말했다.

"괜찮아. 말해 봐."

조금 망설이다 말을 꺼냈다.

"한국으로 가고 싶어. 형을 봐야 해."

예상 밖의 말이었는지 장은 당황한 기색이었다. 한참 말이 없던 장이 일어나더니 서랍을 열었다. 그리고 헝겊으로 만든 주머니를 꺼냈다. 헝겊이 닳아서 나달나달했다.

"비행기 탈 거야? 돈이라면, 내가 모은 돈이 삼백 위안 정도 있어. 이거라도 보태면……."

나는 고개를 저었다.

"그냥 기차 타고 배 타고 갈 거야. 기차까지만 같이 타 줄 수 있냐?"

"그거야 뭐. 한국까지 같이 가는 것도 아니고. 같이 가 줄게."

장은 생각보다 쉽게 허락했다. 혼자 길을 나서는 것보다는 장과 함께 가고 싶었다.

그때 장의 아빠가 문을 벌컥 열고 말했다.

"나 이제 잔다."

"문 닫아."

장이 말했다. 장의 아빠는 쭈뼛거리며 말을 이었다.

"내일부터 두 달 정도 집을 비워야 할 것 같아."

"알았어. 뭐 한두 번인가. 일 다녀와."

장은 아빠를 쳐다보지도 않고 말했다. 장의 아빠는 미안한 얼굴로 아들을 잠시 바라본 뒤 방으로 들어갔다.

장은 표정을 바꿔 해맑은 얼굴로 나에게 말했다.

"자고 갈래?"

나는 장이 방바닥에 깔아 준 이불 위에 누웠다.

누워도 잠이 오지 않았다. 눈만 감으면 라희가 난간에 매달린 모습이 떠올랐다. 다시 눈을 떴다. 라희는 어쩌면 스스로 손을 놨는지도 모른다. 나는 장에게 불쑥 말했다.

"나 불 질렀어."

"뭐라고?"

"불 질렀다고. 어쩌면 사람도 다쳤을지 몰라. 다음 날 사라진 걸 보니 죽은 것 같지는 않아."

장은 고개를 끄덕이며 듣다가 잠이 잔뜩 묻은 목소리로 말했다.

"헛소리 그만하고 자."

장은 금세 곯아떨어졌다. 내가 다치게 한 사람이 백사라는 것을 알면 장은 어떤 표정을 지을까.

다음 날 아침, 장과 나는 가방을 메고 집 밖으로 나섰다. 손수레에서 국수를 한 그릇 먹고 학교에 들어갔다.

곧 탈출할 거라는 생각으로 둘러보니 모든 풍경이 낯설었다. 그 전에 경찰이나 백사 일당에게 잡히지 않도록 더욱 조심해야 했다.

멀리서 류웨이가 다가왔다. 류웨이는 내 앞에 침을 탁 뱉었다. 나도 류웨이 앞에 침을 뱉으며 말했다.

"넌 이제 다른 아이를 찾아야 될 거야."

류웨이가 나를 바라봤다. 나는 류웨이를 스쳐 지나갔다. 앞으로는 영원히 만날 일 없는 아이들과 남은 며칠이다. 학교 앞에만 서면 숨이 쉬어지지 않던 증상도 거의 사라졌다. 나는 곧 한국으로 떠날 거니까.

이제 반 아이들 대부분은 나의 병사로 조각되어서 책상 위에 놓여 있다. 마이클 자리는 이미 비어 있었다. 마이클은 북극곰이 근처에 사는 캐나다의 추운 지역으로 떠난다고 했다.

"코털이 얼어 버릴 정도래. 스키는 실컷 타겠는데."

마이클은 이런 말을 지껄이며 떠났다. 그 애를 미리 빚어 두길 잘했다.

나도 곧 여기를 벗어날 것이다.

집에서 돈이 될 만한 물건들을 팔아서 비행기를 탈 수 있으면 제일 좋겠지만 보호자가 없어서 탈 수 없었다. 보호자라니, 웃음이 났다.

비행기가 안 된다면 기차와 배를 타고 가면 된다. 기차까지는 장과 함께 가겠지. 가슴이 벅차올랐다. 형을 볼 수 있다. 나와 장은 매일 쉬는 시간과 점심시간에 머리를 맞대고 계획을 세웠다.

늦은 밤, 누군가가 밖에서 나를 부르는 것 같은 소리가 났다. 바람 소리겠지. 신경 쓰지 않았다. 그때 다시 또렷하게 내 이름을 부르는 소리가 들렸다.

창문을 열어 보니 아파트 앞에 장이 서 있었다. 일 층으로 내려가 장을 데리고 올라왔다. 장은 맨발이었고 발이 피투성이였다. 장의 등에서는 서늘한 바람 냄새가 났다.

나는 장이 나에게 그랬던 것처럼 장의 발을 닦아 낸 뒤 반창고를 붙였다. 내가 묻기도 전에 장은 아이처럼 울며 말했다.

"아빠가 잡혀갔대. 아이를 탈출시키려다 잡혀갔다는데……."

장의 얼굴은 퉁퉁 부어 있었다.

"수용소에 갔다는 소문도 있어."

장의 목소리가 떨렸다.

아빠는 취해서 거실에 널브러져 있었다. 나는 장을 내 방으로 데리고 갔다. 장을 의자에 앉히고 콜라 하나를 건넸다. 장은 캔을 따자마자 벌컥벌컥 마셨다.

"압록강으로 가 봐야겠어."

장이 얼굴을 감싸고 울음을 터뜨렸다.

압록강? 교과서에서 보던 압록강을 말하는 건가? 들어 본 적은 있지만 어떤 외국어보다 이질적인 말이었다. 압록강으로 간다고? 그게 가능한 일인가?

나는 장이 남긴 콜라를 마저 마시고 캔을 찌그러뜨렸다.

장의 조그만 어깨가 흔들렸다. 장은 울음 섞인 목소리로 말했다.

"난 아빠에게 가 봐야 해."

"내가 따라갈까?"

장은 내 말에 고개를 저으며 말했다.

"너랑 같이 가면 더 위험해."

"나도 한국 가야 하니까 중간에서 헤어지자."

나 역시 한시라도 빨리 형을 보러 가야 했다. 지도를 펼쳐 보니 단둥에서 헤어지면 될 것 같았다.

"여기에서 너는 압록강으로 가고, 나는 배를 타고 한국으로 가면 돼."

내 말에 장은 고개를 끄덕였다.

9. 탈출

새벽 네 시쯤 되었을까. 밤이 걷히고 아침이 되려는 시간이다. 나는 어슴푸레한 빛을 느끼며 책상 앞에 앉았다. 창문을 열자 뿌연 먼지 냄새가 났다. 거리에서 중국말로 떠드는 소리가 들려왔다.

책상 위의 토끼 인형들이 지나가는 차의 조명을 받고 잠시 환해졌다가 어두워지길 반복했다. 나는 내 방을 찬찬히 훑어보았다. 책상 위는 말끔했고 학교에 두고 온 것은 아무것도 없었다.

옷장에서 가방을 꺼냈다. 형과 동굴에 갔을 때 멨던 가방이다. 이 년 만에 꺼낸 가방에는 흙탕물 얼룩이 그대로 묻어 있었다. 나는 가방을 몇 번 쓰다듬었다. 희미하게 흙냄새가 났다. 손으로 만지자 마른 흙이 부스스 떨어져 내렸다. 나는 가방 안에 점퍼와 랜턴을 챙겼다.

작은 토끼 인형들은 신문지로 싸서 점퍼 안주머니에 넣었다. 반 아이들 전부를 조각하고 싶었지만 그러기엔 시간이 부족했다. 나는 아빠의 주머니를 뒤져 빼앗겼던 조각칼과 지폐 뭉치를 꺼내 가방에 넣었다.

술 냄새가 코를 찔렀다. 아빠의 어두운 낯빛을 한참 내려다봤다. 삐져나온 코털과 가끔 꿈틀거리는 눈썹, 부르튼 입술. 꼭 흙으로 뭉쳐 놓은 것 같은 얼굴이다.

다시 서재에 들러 명품 시계 하나를 가지고 나왔다. 아빠의 손목에 있던 시계도 풀어서 주머니에 넣었다. 현관문을 열자 끼이익 하고 듣기 싫은 소리가 났다. 멈추고 뒤돌아보았지만 아빠는 깨지 않았다.

밖은 안개인지 먼지인지 모를 것이 희뿌옇게 깔려 있었다. 장은 집 밖에서 기다리고 있었다. 나는 장에게 시계를 들어 보였다.

"전당포부터 가자."

장은 이른 아침 문 여는 전당포를 세 군데나 안다며 앞장섰다.

"여기 전당포 할멈이 돈을 잘 쳐줘. 별걸 다 산대."

나는 고개를 끄덕였다.

전당포에 도착하자 할멈은 보이지 않고 아홉 살 남짓한 남자아이 혼자 기다란 젓가락으로 밥을 먹고 있었다. 전당포 한쪽 벽면에는 여러 물건이 어지럽게 꽂혀 있고 반대편 벽면에는 작은 티브이가 있었다.

티브이 화면에서 오리 요리가 나오고 있었다. 아이는 방송에 푹 빠졌는지 넋을 놓고 보고 있었다. 아이 얼굴이 화면 불빛에 따라 환해졌다 어두워졌다를 반복했다.

"할멈은 어디 갔어?"

장이 물었다. 남자아이는 티브이 화면에서 눈을 떼지 않고 입만 움직이면서 말했다.

"무슨 일이야?"

"이거."

나는 아이에게 시계를 내밀었다. 아이가 티브이에서 겨우 눈을 떼고 우리를 쳐다봤다. 아이는 몇 초 동안 시계를 살펴보더니 망설임 없이 지폐를 세어 줬다. 고작 오백 위안이었다. 나는 어이가 없어서 물었다.

"너, 이게 뭔지 알아?"

"왜 몰라? 롤렉스잖아. 롤렉스 가짜. 시세보다 높게 쳐줬어. 마음에 안 들면 다른 전당포 가든가. 이 시계만 이번 달에 세 개째야."

아이는 눈을 희번덕거리며 팔짱을 꼈다. 누더기 같은 옷을 껴입었지만 당당한 태도였다. 그새 밥그릇은 깨끗이 비워져 있었다. 티브이에서는 요리 프로그램이 끝나고 광고가 흘러나오고 있었다.

아이와 싸울 시간이 없었다. 아빠의 시계가 가짜였다니. 아빠의 꽌시가 가짜였다니. 허탈해서 다리에 힘이 풀렸다. 아빠가 시계를 보여 주며 으스대던 모습이 생각났다. 라희에게 준 시계도 가짜였을 것이다. 백사가 라희를 난간에 매달고 밀어 버린 것도 그 때문이겠지. 내가 라희를 매단 거나 마찬가지다. 주머니에 챙겨 온 다른 시계는 꺼내지도 못했다. 가짜라서 여러 개였던 것이다.

장은 넋이 나간 날 보더니 팔을 당겼다. 아이는 성가신 얼굴로 우리를 보다가 전당포 안으로 쑥 들어갔다. 우리는 오백 위안을 들고 전당포를 나왔다.

매캐한 먼지와 아침 안개가 뒤섞인 거리에 나오자 발작처럼 기침이 터졌다. 손수레에서는 양꼬치와 야채볶음, 요우티아오[•] 따위를 팔고 있었다. 바닥에는 기름과 섞이지 못한 검은 물이 악취를 풍기며 흐르고 있었다. 배가 고팠다.

장은 요우티아오 두 개를 샀다. 우리는 수레 옆에 쭈그리고 앉아 요우티아오를 한 개씩 나눠 먹었다. 가슴 깊은 곳에서 가래가 올라와 바닥에 뱉었다. 손수레 옆에는 외제차 두 대가 삐딱하게 주차되어 있었다. 내가 요우티아오를 먹는 모습을 바라보던 장이 말했다.

"롤렉스 가짜에 뭐 그렇게 넋이 나가냐?"

장에게 이 얘기 저 얘기 늘어놓고 싶지 않았다. 나는 소매로 흐르는 눈물을 닦았다. 장은 자기 몫을 떼어 건네며 말했다.

"울지 말고 내 것도 먹어. 시계 판 돈이랑 내 돈 삼백 위안이 있으니까 돈 조금만 더 모아서 티켓 끊고, 한국 도착하면 엄마한테 연락해. 아무래도 널 데리고 가는 건 더 위험한 것 같아. 아니면 아빠에게 허락받고 비행기를 타든지. 계획을 몇 달만 늦추면 되잖아. 이런 일로

• 중국식 꽈배기. 아침으로 자주 먹는 중국의 국민 음식이다.

울면 아무것도 못 해."

나는 눈물을 닦고 장에게 말했다.

"스무 살쯤 되면 비행기 탈 수 있겠네. 보호자 없이 가려면 그 나이는 돼야 할 테니까. 값을 못 받아서 운 거 아니야. 돈은 있어."

"그럼 왜?"

나는 장의 말에 단호하게 답했다.

"이미 나왔잖아. 다시 돌아갈 수 없어."

장은 혼잣말처럼 중얼거렸다.

"엄마가 조선말 가르쳐 준다고 할 때 좀 배워 둘걸 그랬다. 말이 확실히 안 통하니까 널 도와주는 것도 신통치 않네. 우리가 소통이 잘 되고 있는지도 모르겠다."

장은 그 말만 내뱉고 멀찍이 걸어갔다.

조선말을 할 줄 아는 장의 엄마는 어디에 있는 걸까. 우리 엄마는? 엄마는 언제부터인가 연락이 잘 되지 않았다. 형의 소식을 묻기 위해 메일도 보내고 집 주소로 편지도 보내 봤지만 답장이 없었다.

엄마는 어차피 나에게 큰 의미가 없었다. 엄마가 넌 사실 내 자식이 아니라고 해도 놀라지 않을 것이다. 하지만 형이 누워 있는 지금, 엄마는 유일한 연결 고리였다.

기계를 떼기 전에 형을 만나야 한다. 형을 만날 때까지 버틸 돈도 필요하다. 집에서 돈이 될 만한 것들을 더 챙겨 나올걸 후회가 되었다. 아니, 가지고 나와 봤자 또 가짜였겠지. 한숨이 나왔다. 장도 더 이상 나에게 아무 말도 하지 않았다.

우리는 배고픔만 겨우 달래고 기차역으로 향했다. 기차역은 정신없이 붐볐다.

"불안해도 표를 예매할걸 그랬어. 어른도 없는데 우리끼리 탈 수 있을까?"

내가 물었다. 장은 어깨를 으쓱하며 말했다.

"기차표 예매해 두면 아빠가 찾을 수도 있다며? 잡힐 수 없다고 했잖아."

나는 장의 말에 고개를 끄덕였다. 아빠에게 잡혔다간 형을 만나기 전에 끌려갈 것이다. 장은 말했다.

"계획대로 암표를 사자. 기차표 취소하려는 사람도 있을 거고 암표 장사꾼도 꽤 있을 거야. 걱정 마."

나는 초조하게 주위를 두리번거렸다. 근처에 우는 아기를 안고 있는 아주머니가 보였다. 옆에는 아홉 살 정도로 보이는 남자아이도 서 있었다. 혹시 기차표를 취소하려는 게 아닐까. 나는 아기를 바라보았다. 아기는 열이 올라 귀까지 빨개져 있었다. 아주머니는 아기를 달래느라 정신이 없었다.

남자아이는 내 손에 들려 있는 초코파이를 뚫어지게 바라보고 있었다. 내가 이쪽으로 오라고 손짓하자, 아이는 재빨리 다가와 초코파이를 받았다. 아주머니는 힐끔 바라보더니 아이를 데리고 다른 곳으로 가 버렸다.

그때 어떤 아저씨가 옆구리를 쿡 찔렀다.

"여기 왜 서 있는 거야."

아저씨가 우리에게 속삭였다. 입냄새가 훅 느껴졌다. 피단* 냄새였다. 나는 속이 울렁거려 인상을 찌푸렸다. 암모니아 냄새가 한동안 허공에 머물렀다. 장이 아저씨의 눈을 똑바로 보고 말했다.

"표가 없어서요."

아저씨는 누런 이를 드러내며 웃었다. 그리고 점퍼에서 기차표 두 장을 꺼냈다.

"천이백 위안."

장의 눈이 휘둥그레졌다.

"너무 비싸잖아요."

아저씨는 기차표를 다시 주머니에 넣을 참이었다. 아저씨의 까치집 머리에는 허연 비듬이 수북이 앉아 있었다. 기차가 곧 출발한다는 방송이 들려왔다. 장과 나는 마주 보며 고개를 끄덕였다.

나는 주머니에서 천 위안을 꺼내 아저씨에게 건넸다. 아저씨는 우리 마음이 바뀔까 걱정이 되었는지 차표를 건네주고는 바로 사라졌다.

---

* 오리알, 달걀 등 새알을 삭혀서 만든 음식이다.

다행히 모자란 이백 위안은 따지지 않았다. 장은 표를 보더니 울상이었다.

"제일 안 좋은 좌석이야. 나쁜 새끼."

"가짜는 아니겠지."

그때 우리 나이 정도 되어 보이는 아이가 표를 끊고 있는 게 보였다. 장은 다가가서 말했다.

"너 혼자 표 끊는 거야?"

아이는 고개를 끄덕였다.

"보호자 필요 없어?"

아이는 장과 나를 바보 아니냐는 눈길로 바라보더니 그냥 지나갔다. 표는 얼마 하지 않았다. 고작 이백팔십 위안 정도였다. 아무도 그 아이에게 보호자가 어딨냐고 묻지 않았다. 암표 장사꾼한테 뺏긴 천 위안이 아까워서 미칠 것 같았다. 우리는 낙심해서 서로 아무 말도 하지 않았다. 장도 절망하는 얼굴이었다. 우리는 짐 검사를 무사히 통과하고 빛바랜 녹색 기차에 탔다. 침대칸도 살 수 있는 돈이었지만 속아서 산 암표로는 가장 딱딱하고 불편한 자리에 앉을 수밖에 없었다.

우리 자리에는 어떤 남자가 웅크리고 있었다. 남자는 고개를 숙이고 아예 잠들어 있었다. 내가 남자에게 말했다.

"우리 자린데요."

남자는 흔들어도 일어나지 않았다.

서 있는 우리를 보고 차장은 귀찮은 얼굴로 아무 데나 앉으라고 외치며 지나갔다. 우리는 남자의 뒷자리에 앉았다. 발냄새, 토사물 냄새가 역하게 진동했다. 나는 창문을 약간 열었다. 누군가 우리를 뚫어지게 쳐다보는 게 느껴졌다. 돌아보니 옆자리에 앉은 아주머니였다. 기미가 잔뜩 낀 얼굴에 눈 밑이 거뭇거뭇했다.

"한국인이냐?"

나는 고개를 끄덕였다. 아주머니가 입을 뾰족하게 내밀고 고개를 끄덕였다. 무슨 의미인지 알 수 없었지만 알고 싶지도 않았다. 이 기차가 우리에게 위험하다는 것만은 확실했다. 통로 가까운 곳에서는 신문지를 깔고 싸구려 술을 먹은 사람들이 고래고래 소리를 지르고 있었다.

장이 조용히 속삭였다.

"돈은 가방에 두자. 몸에 지니고 있다가 화장실에서 뺏길 수 있어."

장은 주머니에서 돈을 꺼내 가방 안주머니에 넣었다.

우리는 번갈아 가며 가방을 지키기로 했다. 장이 먼저 가방을 끌어안았다. 기차는 흙바람을 일으키며 출발했다. 나는 창가에 앉아 기차가 천천히 움직이는 것을 느꼈다. 기차는 누런 바람 속을 가르며 우리를 단둥역으로 데려갔다. 아빠와 비행기를 타고 시안에 올 때 하늘 아래로 굽이굽이 펼쳐져 있는 황토빛 강을 보았다. 아빠는 그 강을 가리키며 황하라고 했다.

아빠는 지금쯤 일어났을까. 시계가 없어진 걸 보고 화를 내고 있을까. 내가 사라진 걸 알아차리긴 했을까.

열어 놓은 창문 틈으로 기름 냄새가 계속 흘러들어 왔다.

"문 닫아. 냄새나잖아!"

누군가 뒤에서 소리쳤다. 기차에서 나는 냄새가 더 역했지만 나는 얼른 창문을 달았다. 우리는 베이징역에 내려서 단둥역으로 가는 기차를 기다렸다. 기차는 얼마 지나지 않아 금방 도착했다. 기차 안에 들어서자 먼지 냄새로 코가 매웠다. 장은 열여섯 시간이나 잤더니 배가 고프다며 배를 문질렀다. 나는 계속 우울했다. 암표에 천 위안이라니. 장은 내 얼굴을 보더니 체념한 목소리로 말했다.

"그만 잊자. 어쩌겠어. 잡힐까 봐 너무 쫄았나 봐."

나도 한숨을 쉬었다. 그래, 어쩔 수 없는 일이다. 장은 계속 배를 문지르며 말했다.

"너무 잤나 봐. 잠이 하나도 안 오네. 뻥뻥면이라도 한 그릇 먹고 올 걸 그랬다. 배고파."

장은 계속 징징거렸다. 나는 먹으려고 주머니에 남겨 뒀던 고기만두 세 개를 건넸다. 장은 눈을 희번덕거리며 허겁지겁 만두를 먹었다.

"네 주머니에는 먹을 게 많네. 넌 안 먹어?"

장은 이내 배가 아프다고 했다. 참 요란스러운 배다. 장은 한시도 가만있지 못하고 이리저리 뒤척거리다 꾸륵꾸륵 소리를 내며 결국 화장실로 갔다.

나는 장에게 가방을 건네받고 다시 생각에 잠겼다. 한국에 도착하면 우선 집부터 찾아가야겠다. 형은 언제쯤 만날 수 있을까. 병원을 옮기지는 않았겠지? 라희도 찾아야 하는데……. 여러 가지 생각이 머릿속을 휘저었다.

기차는 쉼 없이 달렸다. 장은 잠이 안 오는지 누가 떨어뜨린 잡지를 주워서 한 장 한 장 찢으며 종이접기를 했다. 손재주가 좋은 장은 학도 접고 배도 만들었다. 사람 얼굴과 동물도 여러 마리 뚝딱 만들었다. 흙이 있었다면 좋았을 텐데. 열네 시간이면 여섯 명은 만들 수 있을 것이다. 주머니에 조각칼은 있었다. 나는 토끼 인형들을 꺼내 놓고 얼굴을 다듬었다. 장이 토끼 인형을 힐끔거리며 물었다.

"왜 난 없어?"

나는 아무 대답도 하지 않았다.

"류웨이도, 마이클도 다 있네."

장은 섭섭한 목소리로 말했다.

나는 그저 토끼만 다듬었다. 새 흙으로 새로운 토끼를 하나 빚으면 좋겠지만 기차 안에는 새 흙은커녕 더러운 모래만 떨어져 있었다. 나는 더 섬세하게 조각을 다듬었다. 장은 조각을 한참 바라보더니 말했다.

"압록강에 가면 갈대밭이 있어. 갈대 소리가 쏴 하고 들리는 거기에 아빠가 있을 거라고 했어. 무슨 헛소리를 하나 귀담아듣지도 않았었는데 좀 제대로 들을걸. 갈대밭 안쪽에 막사가 하나 있고 근처에 갯지렁이가 가득 묻힌 갯벌이 있대. 넌 한국에 가면 라희도 만날 거야?"

나는 인형을 다듬으며 대답했다.

"응, 형도 만나고."

장은 토기 인형을 살펴보며 말했다.

"잘 만들긴 하네."

내가 장을 보고 웃었다.

"이제 알았냐?"

장이 잠시 자리를 비웠다. 장은 아빠가 걱정된다고 우는소리를 하더니 쿨쿨 잘도 잤다. 일어나서는 찌뿌둥한지 고개를 좌우로 돌리며 맨손 체조를 했다.

"열 시간 넘게 앉아 있었더니 좀이 쑤신다. 나, 잠시 나갔다 올게. 화장실도 다녀오고."

이번에는 내가 졸음이 몰려왔다. 장이 화장실에 간 사이에 깜빡 잠이 들었다. 꿈속에서 누군가가 나를 흔들어 깨웠다. 눈을 떠 보니 꿈이 아니었다. 나를 깨운 건 장이었다.

나는 장을 쳐다봤다. 장이 눈을 크게 뜨고 다급히 말하고 있었다.

"가방! 가방!"

자리를 더듬어 봤지만 내 손에는 다듬던 토기 인형만 쥐어져 있었다. 창문은 활짝 열려 있고 거센 바람이 들이치고 있었다. 누군가 기차가 멈춘 사이 밖에서 창문을 열고 가방을 가져간 모양이었다. 이 위험한 기차 안에서 자다니. 나는 울고 싶어졌다. 입안에서 모래가 서걱서걱 씹혔다.

장은 멍한 얼굴로 털썩 주저앉았다. 나는 그 와중에 점퍼 안주머니를 더듬었다. 토끼 인형들은 얌전히 주머니 안에 쌓여 있었다. 묘한 안도감이 느껴졌다.

"이제 어떡하냐."

장이 울먹였다. 나는 죄인처럼 고개를 푹 숙였다.

"미치겠네, 진짜."

장은 좁은 기차 안을 안절부절못하며 돌아다녔다.

"어이, 뭐 해, 꼬맹이."

술에 잔뜩 취한 남자가 거슬렸는지 장에게 소리쳤다. 그리고 장에게 성큼성큼 다가왔다.

"뭐 하냐고."

남자는 다짜고짜 장의 주머니에 손을 넣었다. 장의 주머니에서 동전 몇 개가 나왔다.

"이거뿐이야? 거지네, 이거."

남자는 장의 주머니를 다 헤집었다. 장은 남자를 노려보았다.

"쪼그만 게."

남자가 장의 머리를 쥐어박았다. 그러더니 내 점퍼도 뒤지다가 안주머니까지 손을 넣었다. 남자의 손에 토기 인형이 잡혔다. 남자가 토기 인형을 꺼낸 순간, 장은 재빨리 인형을 빼앗은 다음 남자의 다리를 걷어찼다. 일격을 당한 남자는 주머니에서 작은 접이식 톱을 꺼냈다. 주홍빛 플라스틱 커버를 열자 날카로운 톱날이 번쩍거렸다.

남자가 허공에 톱을 휘두르자 쉭 하며 바람을 가르는 소리가 났다. 장은 망설임 없이 내 손을 잡고 뛰었다.

"뛰어내려! 곧 단둥역이야."

남자는 톱을 손에 든 채 우리에게 달려오고 있었다.

장은 외쳤다.

"지금이야!"

기차가 서서히 단둥역으로 들어가고 있었다. 기차의 절반이 어둠 속에 먹히면서 속도가 느려졌다. 장과 나는 손을 잡은 채 그대로 기차에서 뛰어내렸다.

장은 한동안 엎드려 있었다. 흔들어 깨우자 장은 바로 누우며 말했다.

"나, 아직 살아 있어?"

내가 고개를 끄덕였다.

"죽는 줄 알았어. 그 톱만 아니었어도 못 뛰어내렸을 거야."

나는 장을 바라보며 말했다.

"왜 그랬어? 그까짓 토끼 인형 때문에."

장이 어이없는 얼굴로 되물었다.

"그까짓?"

"그래. 그까짓 거."

"너, 온종일 그것만 빚고 있잖아."

"그게 네 목숨보다 귀하지는 않아."

장은 나를 물끄러미 바라봤다. 조금 민망해져서 장을 일으켜 세우며 말했다.

"가자."

장은 일어서다가 외마디 비명을 지르며 주저앉았다. 발목이 잔뜩 부어 있었다.

"뛰어내리다가 어디에 부딪쳤나 봐."

장은 울먹이며 말했다. 나는 장에게 물었다.

"왜 뛰어내렸어?"

"표를 검사하면 되돌아가야 할 수도 있어. 거기다 톱 봤잖아? 걸렸으면 죽었을 거야."

표 검사를 했다면 중간 역에서 했을 것이다. 종점까지 와서 표 검사를 할 리가 없다. 하지만 모르고 암표를 샀던 것처럼 이제 무엇도 확신이 없었다. 갑자기 짜증이 치밀었다. 나는 텅 빈 선로를 보며 말했다.

"토끼 인형도 그냥 아끼는 거라면 돌려줬을지 알게 뭐야. 그냥 위협

하는 걸 수도 있잖아. 가방 도둑맞았다고 하면 보내 줬을지도 모르지. 그 남자랑 싸워도 이렇게 되진 않았을 거야. 병원도 없는데 다친 다리로 뭘 어쩔 거야."

나는 장에게 잔소리를 퍼부으며 장의 다리를 툭 쳤다.

장이 외마디 비명을 질렀다.

"악! 뭐 하는 짓이야!"

"그게 아니라……."

머쓱하고 미안한 마음에 다리를 주무르자 장은 더 크게 비명을 질렀다.

"아악! 제발 내버려둬."

장의 눈에는 눈물까지 맺혀 있었다. 나는 심드렁하게 말했다.

"미안해."

"먼저 가."

장은 풀이 죽어 보였다. 아무리 그래도 여기까지 왔는데 먼저 가라니, 어이가 없었다.

"어딜 가라는 거야?"

장이 말했다.

"난 여기서 대충 지내다가 다리 나으면 혼자 가 볼게. 여기서 압록강까지는 얼마 안 걸릴 거야. 넌 다시 베이징으로 가면 되잖아."

장에게 화가 났다. 돌멩이를 발로 세게 걷어찼다. 돌멩이가 포물선을 그리며 바닥에 떨어졌다.

장은 마른세수를 했다. 부르튼 입술에 피가 맺혀 있었다.

고개를 푹 숙이고 있는 장을 보자 더 이상 할 말이 없었다. 나는 등을 내밀었다.

"업혀."

장은 머뭇거렸다.

"업히라고!"

장은 망설이다가 조심스럽게 업혔다. 장 혼자서는 절대 압록강까지 갈 수 없을 것이다. 장의 아빠가 말했다는 갈대밭과 갯지렁이가 가득 파묻혀 있다는 그 갯벌 앞에 장을 내려놔야 마음이 편할 것 같았다.

장을 업고 십 분 정도 걸었을까. 십 분이 한 시간처럼 느껴졌다. 고작 이만큼 걷는 동안에도 몇 번이고 장을 내동댕이치고 싶었다. 다리가 너무 아팠다. 업혀 있던 장은 심심한지 말을 걸었다.

"너, 라희 좋아하지?"

"……."

"라희 만나면 무슨 얘기 할 거야?"

짧은 중국어 실력으로는 장에게 그 많은 이야기를 전할 수 없었다.

장은 내 어깨에서 몇 마디 더 중얼거리더니 고개를 들고 주위를 둘러봤다. 그러더니 한숨을 푹 쉬었다. 불길한 마음이 들었다.

"우리 빙빙 돌고 있는 거야?"

"아니야. 가는 길이야."

장의 말이 끝나자마자 마치 바람이 반으로 나뉜 것처럼 흙 내음에서 바다 내음으로 바뀌었다. 나는 장을 내려놓았다. 장은 절뚝거렸지만 얼추 걸었다.

"너, 걸을 수 있었잖아!"

"나도 몰랐어. 다리를 영 못쓰게 된 줄 알았지."

장이 머리를 긁적였다. 피식 웃음이 났다. 장도 웃었다. 장을 부축하면서 우리는 느릿느릿 걸었다. 멀리서 갈대 소리가 쏴 하고 들려왔다. 몸이 점점 떨리면서 으슬으슬 오한이 들었다. 나는 이마의 식은땀을 닦아 냈다. 더 이상 못 걷겠다는 생각이 들 때쯤 압록강이 보였다. 장과 함께 털썩 주저앉았다.

"더 이상 못 걷겠다."

장이 말했다. 나도 마찬가지였다.

우리는 서로의 등에 기댔다. 피로가 몰려왔지만 잠은 오지 않았다.

"잠 안 와?"

내 물음에 장은 고개를 가로저으며 말했다.

"모르겠어. 춥고 배도 고프고. 아까 기차 탈 때 어린애한테 초코파이는 대체 왜 준 거야?"

"그냥."

"다음부턴 그러지 마."

"하나 더 남아 있어."

"그래? 도라에몽 주머니처럼 이것저것 많이도 숨겨 놨네."

장은 물먹은 솜처럼 느릿느릿하게 말했다.

"배고프긴 한데. 갑자기 잠이 너무 쏟아진다. 일어나면 먹자. 다리가 너무 아파."

장은 바닥에 누워 금세 곯아떨어졌다. 장의 잠든 얼굴은 꼭 죽은 것처럼 보였다. 장의 다리는 종아리까지 부어 있었다. 종아리에 손을 대 보니 뜨거웠다.

장이 잠들고 나니 할 일이 없었다. 나는 손에 잡히는 대로 토기 인형을 꺼냈다. 류웨이와 마이클이었다.

장이 자기 조각은 없냐며 섭섭해했지만 이유가 있었다. 장은 내가 완벽한 조각을 할 수 있을 때, 형처럼 단단하게 만들 생각이었다. 나와 형 그리고 장은 모래에 묻히지 않고 병사들을 호령하며 오래오래 살 것이다.

나는 장이 코 고는 소리를 들으며 조각칼로 토기들의 얼굴을 다듬었다. 기차 안에서 오랜 시간 다듬은 얼굴은 더 이상 손볼 곳이 없었지만 조각칼을 멈출 수는 없었다. 토기 인형이 아니었다면 아이들의 얼굴은 벌써 잊혔을 것이다. 제일 미워했던 류웨이에 대한 분노도 희미해졌다.

장이 일어났다. 우리는 역 근처에 있는 수레에서 만두와 두유 하나를 사 먹었다. 이제 주머니에는 약간의 돈과 토기들만 남아 있었다. 뱃삯을 남겨 둬야 했다. 장과도 곧 헤어져야 한다.

멀리 보이는 아파트들에 색색의 천이 매달려 나부끼고 있었다. 파란색, 빨간색, 노란색 커다란 천들이 바람에 날리며 색깔들이 어지럽게 섞였다가 흩어지길 반복했다.

라희가 떠올랐다. 라희의 새큼하고 달콤한 냄새, 분홍빛 볼. 앙다문 입술. 눈을 가린 갈색의 가는 머리카락. 바람에 섞여 들리는 자장가 소리. 가물가물 잠이 왔다.

"일어나자. 가야지."

장은 저 혼자 실컷 잔 뒤, 잠이 들려는 나를 일으켜 세웠다.

십 분쯤 걷자 아무것도 없는 흙길이 나타났다. 파란 막대기 하나가 흙에 꽂혀 있었다. 막대기 근처에 아이 다섯 명이 보퉁이를 안고 서 있었다. 장은 걸음을 멈췄다.

"여기서 기다리면 돼?"

장은 고개를 끄덕였다. 우리는 아이들 곁에 섰다.

뿌연 먼지가 눈앞에 가득했다. 연신 기침이 나왔다. 버스에 올라타서 낡고 삐걱거리는 의자에 앉자 졸음이 쏟아졌다.

"곧 도착해."

장이 말했다. 보퉁이를 부둥켜안고 있는 아이들이 눈을 크게 뜨고 우리를 쳐다봤다.

배낭을 멘 아이들도 몇 명 있었다. 나는 장에게 물었다.

"저건 다 뭐야?"

장이 심드렁하게 말했다.

"마른 고추 약이나 참깨. 저런 애들 흔해. 봄만 되면 난리야. 아빠는 가끔 타이어 같은 것도 넘기고 했어. 북한에서는 광물이나 약초 받아 오고. 몇 명은 잡혀가고 몇 명은 넘어가고 그런 거지."

"아빠가 밀수도 했어?"

"어. 그럼 뭐, 탈북자만 도와주는 착한 사람 같았냐? 상관없어. 내 아빠니까."

버스가 갑자기 섰다. 그 바람에 우리는 앞으로 튀어 나갈 뻔했다. 버스 문이 열리더니 공안 세 명이 버스에 올라섰다. 보퉁이를 안고 있는 아이들은 차례대로 내렸다.

"공안이 왜 아이들을 데려가는 거야?"

"공안이 아니라 그냥 공안복 입은 사람들이야. 애들 관리하는 거지. 그만 좀 물어. 내가 중국 가이드냐?"

장은 더 대꾸하기 싫은지 점퍼를 뒤집어썼다. 햇빛이 계속 창문에서 쏟아져 내렸다. 돋보기를 댄 것처럼 강렬한 햇빛 때문에 머리가 어지럽고 속이 울렁거렸다. 멀리 꽃이 핀 나무들이 보였다. 봉오리가 맺혀 있는 나무도 많았다.

아이들이 내린 뒤 십 분쯤 더 가자 마지막 정거장인 압록강 하구

쪽에 다다랐다. 멀리 압록강 단교가 보였다. 나는 그새 잠든 장을 깨웠다. 장은 바로 일어서질 못했다. 장을 부축해서 버스에서 내려 십 분을 더 걸었다. 그러자 눈앞에 압록강이 펼쳐졌다. 삼 월이었지만 여전히 군데군데 얼어 있었다.

10. 갈대밭

장과 나는 강가 아무 데나 앉았다. 봄이지만 구석구석 눈이 쌓여 있었다. 목이 말라서 눈을 한 움큼 뭉쳐서 베어 물었다. 이가 시렸다. 장도 눈을 뭉쳐 한 입 베었다. 장이 말했다.

"차다."

"눈이니까."

눈을 계속 먹었더니 배가 아팠다.

"화장실 어딘지 알아?"

장이 어이없다는 얼굴로 날 바라봤다. 입 주위에는 허옇게 눈이 묻어 있었다. 나는 몸을 으슬으슬 떨며 장에게 물었다.

"이제 다 온 거 맞지?"

장은 고개를 흔들며 대답했다.

"여기가 아닌 것 같아."

"나폴레옹이냐?"

나는 장에게 쏘아붙였다.

장은 차가운 강물로 다리를 씻어 낸 뒤 더러운 옷으로 닦았다. 통증이 느껴지는지 이를 악무는 모습이었다. 다리는 점점 붉게 부풀어 올라 치료가 시급해 보였다.

나는 자꾸 식은땀이 났다. 몸에서는 쉰 냄새가 진동을 했다. 초봄인데도 얼음장 같은 물로 세수를 했다. 꽁꽁 얼어붙은 얼굴을 털어 내는데 장이 말했다.

"삼십 분은 더 걸어야 할 것 같아."

나는 고개를 끄덕였다. 하구에서 본 압록강은 끝도 없이 펼쳐져 있었다. 강물은 넓고 깊은 곳보다 좁고 얕은 곳이 많았다. 생각했던 압록강과는 많이 다른 모습이었다. 뱃속은 텅 빈 지 오래여서 감각이 없었다. 장이 한숨을 쉬며 말했다.

"너무 배고프다."

"뭐 먹고 싶어?"

"나는 요우티아오 열 개 한꺼번에 먹고 싶다. 너는?"

"나는 버거킹 햄버거. 아님 맥도날드 상하이 버거."

장은 내 말에 피식 웃었다. 햄버거의 육즙이 입안 가득 퍼지는 것 같았다. 침이 고이면서 머리가 핑핑 돌았다. 일어서서 걸을 힘도 없었다. 장은 드러누웠다. 누워 있는 장에게 물었다.

"아빠 찾으면 어쩔 거야?"

"어쩌긴. 집에 데리고 가야지. 밀수도 탈북자 돕는 것도 그만두게

할 거야. 너는?"

"나는 모르겠다."

"너는 한국에 돌아가야지."

"돈도 없고 아무것도 없잖아."

"그럼 집으로 가서 다시 탈출해야지."

쉽게 말하는 장에게 짜증이 났지만 싸울 힘도 없었다. 어디로 가야 할지 정말 알 수 없었다. 집으로 돌아가는 건 지옥으로 가는 것과 다름없다. 백사 패거리들은 나를 찾느라 혈안이 되어 있을 것이다. 학교도 집도 돌아가고 싶지 않았다. 나는 장에게 말했다.

"가끔 무슨 일이 터졌으면 좋겠어. 세계가 멸망하거나 뭐 그런."

장이 웃으며 말했다.

"좋지. 멸망."

장과 나는 더 이상 대화를 이어 가지 않았다. 헛소리할 힘도 남아 있지 않았다. 장이 결심한 듯 말했다.

"이제 그만 일어나자."

장은 나를 일으켜 세우며 말했다.

"나도 걷잖아. 너도 얼른 일어나."

장의 말대로 걸어야 한다. 나는 힘겹게 일어섰다. 얼마나 걸었을까. 멀리 갈대밭이 보이는 것 같았다. 장이 흥분해서 말했다.

"저기 같아. 저기 작은 막사 하나 보이지? 아빠가 매번 설명했던 그

곳이야."

나는 힘겹게 고개를 끄덕였다. 긴장이 풀리자 다리에도 힘이 풀렸다. 장은 갑자기 힘이 나는지 속도가 빨라졌다. 다리를 다친 장이 나보다 빨랐다. 뒤처지지 않기 위해 잰걸음으로 속도를 냈다.

그때였다. 가까운 곳에서 굉음이 울렸다.

탕!

나는 공포에 질려 장에게 물었다.

"이거 무슨 소리야?"

장은 대수롭지 않게 말했다.

"총소리."

"뭐라고?"

태어나서 처음 듣는 총소리는 귀를 얼얼하게 했다. 장은 담담하게 말했다.

"아빠가 여기 총소리 자주 들린다고 했어."

그때 어디선가 공안 한 무리와 개들이 달려 나왔다. 아무도 없다고 생각했던 갈대밭에서 사람들이 뛰쳐나오고 있었다.

공안들은 허공에 연달아 총을 쐈다.

장과 나는 뛰기 시작했다. 달리다 보니 장이 보이지 않았다. 주위를 둘러보니 장은 아예 뛰는 것을 포기하고 납작 엎드려 있었다. 내가 장에게 다가가려는 순간 커다랗고 시커먼 개 한 마리가 나에게 달려들었다. 나는 그대로 기절했다.

죽은 걸까. 꿈을 꾸는 걸까. 의식이 몽롱했다. 누가 나를 흔들어 깨웠다. 가늘게 눈을 떠 보니 장이 보였다.

"이제 깼어? 정신 차려."

장의 목소리가 희미하게 들려왔다. 온몸의 뼈를 불개미들이 갉아먹는 기분이었다. 열이 오르는 게 느껴졌다. 나는 다시 눈을 감고 까마득하게 잠이 들었다.

한국을 떠나기 며칠 전, 나는 아빠와 함께 형이 있는 병원에 갔다. 오랜만에 만나는 엄마 얼굴은 더 주름지고 말라 있었다. 아빠는 엄마와 잠깐 이야기를 나누었다. 나는 몇 발짝 거리에 서 있었다.

"지훈이는 실패했어. 이런 성적으로는 한국에서 아무 가망이 없어. 내가 데리고 떠나겠어."

아빠의 목소리가 들렸다. 갑자기 정신이 번쩍 드는 것 같았다. 뭔지 모를 화가 치밀어 오른 나는 어금니를 꽉 물었다.

나는 아빠를 쳐다봤다. 아빠의 눈에는 피곤과 경멸이 묘하게 섞여 있었다. 아빠는 나와 잠깐 눈을 맞춘 뒤 엄마와 이야기를 이어 갔다.

"내가 데려가는 게 지훈이 인생에서 훨씬 나을 거야."

나는 아빠의 말을 끊고 대답했다.

"실패한 건 아빠야. 나는 안 따라가."

아무 감정도 담지 않고 천천히 또박또박 말했다. 마음 한구석에 돌덩이가 얹어진 것 같았다. 아빠의 눈에서 잠깐 불꽃이 튀었다. 아빠는 성큼성큼 내 앞으로 걸어와 손을 치켜올렸다.

뺨이 얼얼했다. 모래로 만들어진 내 몸이 허물어져 내렸다. 소리를 지를 수는 없었다. 형이 알면 속상해할 테니까. 나는 병실 앞 의자에 앉아 부은 뺨이 가라앉길 기다렸다.

병실에 들어가서 본 형의 얼굴은 푸르스름했다. 나는 형을 한참 바라봤다. 형도 나를 보는 것 같았다. 형의 동공은 잠시 풀렸다가 모아졌다가 다시 감겼다. 나는 형을 보고 희미하게 웃었다. 형이 누운 침대 옆 간이침대에 눕자 피로가 천천히 가셨다. 어떤 곳보다 안락하고 편했다.

방학 내내 기숙 학원에 있다가 나온 날 엄마와 햄버거집에 갔다. 엄마는 햄버거 두 개를 주문하고 자리에 앉았다.

밤이었다. 하루 종일 문을 여는 햄버거집에는 아이들이 몇 명씩 모여 시시덕거리고 있었다. 엄마는 햄버거를 내 앞에 가져다 놨다. 나는 콜라를 한 모금 마셨다. 콜라는 탄산이 다 빠져 단맛만 났다. 엄마는 내 얼굴을 바라보며 말했다.

"두 달 새 살이 많이 빠졌네. 키도 컸고."

나는 아무 말도 하지 않았다. 엄마는 다시 물었다.

"뭐 할 말 없니?"

엄마는 내 눈을 빤히 바라보았다. 부담스러웠다. 나는 시선을 감자튀김으로 돌리며 엄마에게 물었다.

"왜 그랬어?"

"응?"

엄마는 모른 척 되물었다. 다시 엄마를 쳐다보며 말했다.

"전화도 안 받고 메일 답장도 없고."

엄마가 작게 한숨을 쉬었다.

"너 잘되라고. 공부에 방해될까 봐."

공부라는 소리를 들으니 화가 치밀었다.

"잘돼? 이게 잘된 거야? 형은? 형은 언제부터 의식이 없었던 건데? 왜 나한테는 아무 말도 안 했어?"

"네가 집으로 돌아오고 싶어 할까 봐."

햄버거가 명치에서 내려가지 않았다. 체한 것 같았다. 나는 주먹으로 가슴을 세게 쳤다.

"괜찮아?"

엄마가 멍청한 얼굴로 물었다. 얼굴에 열이 올랐다.

"이게 괜찮아 보여? 돈 때문이야? 한 달에 몇백 하는 기숙 학원비 때문에 나한테 연락을 못 한 거냐고!"

큰소리를 쳤지만 햄버거는 여전히 명치에 걸려 나를 아프게 했다. 심장이 저려 왔다. 체했기 때문인지 무엇 때문인지 알 수 없었다. 어딘

가에 토하고 싶어 가슴을 움켜쥐었다.

"언제까지 이렇게 살아야 해!"

시시덕거리던 아이들이 우리 쪽을 쳐다봤다.

"뭘 쳐다봐? 씨발!"

내가 소리를 지르자 아이들은 시선을 피했다. 더 이상 여기에 있고 싶지 않다. 나는 자리를 박차고 일어섰다. 엄마가 날 보고 말했다.

"중국으로 가. 너까지는 힘들다."

엄마가 내 손을 잡았다. 나는 엄마 손을 뿌리쳤다.

엄마의 멍한 시선이 느껴졌다. 갑자기 온몸에 힘이 풀리면서 화가 차갑게 가라앉았다. 나는 다시 의자에 주저앉았다. 엄마가 피곤한 목소리로 말했다.

"엄마도 힘들어."

"그래, 갈게."

내가 힘없이 대답하자 엄마는 더 이상 아무 말도 하지 않았다. 서로 껴안고 반성하며 희망찬 앞날을 시작하는 건 드라마에서나 가능한 일이다. 화가 식으면서 더 이상 아무 감정도 느껴지지 않았다.

"아빠는?"

"좀 급한 일이 생겨서 새벽에 중국으로 떠났어. 다음에 올 때는 널 데리고 갈 거야."

대답할 필요가 없는 말이었다.

"엄마는 이제 아빠한테 아무 감정 없어. 안 본 지 오래되니 왜 그렇게 싸웠는지도 모르겠더라고."

엄마가 피식 웃으며 말했다. 이제 와서 왜 싸웠는지도 모르겠다고? 나도 웃음이 났다. 어이가 없었다. 그 싸움 때문에 형이 저렇게 누워 있는데. 아니다, 나 때문이다. 내가 꾸물거리지 않았더라면, 그날 형을 먼저 보냈더라면 아무 일도 없었을 거다.

엄마가 말을 이었다.

"중국, 아니 다른 나라 어디라도 한국보다는 좋을 거야. 형도 네가 다녀올 때쯤에는 깨어날 수도 있잖아."

나는 엄마 얼굴을 바라봤다. 정말 그럴 수 있을까. 내가 떠나서 형이 깨어난다면 수십, 수백 번이라도 다른 나라에 다녀올 수 있다. 다녀와서 얘기해야지.

'형, 거기 안 가 봤지?'

형이 내 머리를 헝클어뜨리며 말하겠지.

'잘난 척 좀 하지 마, 새끼야.'

나는 발을 꼼지락거렸다. 형이 준 운동화가 얼추 맞았다. 한 달 정도 지나니까 더 이상 헐겁지 않았다. 운동화가 작아지기 전에 형이 깨어나야 할 텐데, 마음이 불안했다. 꼭 멋진 걸로 다시 사 달라고 해야지. 형과 같은 운동화를 신고 달리고 싶다.

눈물이 흘렀다. 엄마는 내 볼을 타고 흐르는 눈물을 닦아 줬다. 엄마의 손이 닿자 불쾌해졌다. 내 눈물을 닦을 수 있는 사람은 형뿐이다. 나는 엄마의 손을 밀치며 햄버거를 반쯤 남겨 두고 일어섰다.

"가서 메일 보내면 형 상태 알려 줘. 부탁은 그것뿐이야."

엄마는 고개를 끄덕였다.

"가서 밥 잘 챙겨 먹고. 친구들이랑 잘 지내고. 짐은 엄마가 틈틈이 싸 놓을게."

나는 아무 말도 없이 그대로 밖으로 나왔다.

밖에 나와 돌아보니 엄마는 자리에 앉아 계속 감자튀김을 먹고 있었다. 내가 한참을 바라봐도 둥그런 엄마의 등은 그대로였다. 엄마는 돌아보지 않았다. 아이들이 내 옆을 지나가며 시끌벅적 떠들었다.

집에 들어갈 때마다 캐리어는 하나씩 늘어나 있었다. 대부분은 문제집과 책이었다. 나는 배낭에 형이 준 조각칼과 흙덩어리들을 챙겼다.

누군가 내 뺨을 후려쳤다. 정신을 차려 보니 한국이 아니었다. 화내는 장의 얼굴이 보였다.

"정신 좀 차려. 아빠가 막사에 마지막으로 구한 여자애를 두고 갔어. 엄마를 잃어버렸나 봐. 나는 아빠한테 가 봐야 해. 네가 저 여자애 좀 돌봐 줘. 나 간다. 아빠한테 가야 한다고!"

나는 벌떡 일어나 앉으면서 소리쳤다.

"뭐라고? 누가 누굴 돌봐?"

장이 간절한 목소리로 말했다.

"아빠가 마지막으로 구한 여자애야. 너 가는 길에 어디든 내려 줘. 여기만 벗어날 수 있게 도와줘. 난 이런 꼴로 쟤들을 데리고 다닐 수 없어. 넌…… 우리랑 다르잖아."

뭐가 다르다는 거지? 예리한 유리 조각이 심장에 박히는 기분이 들었다. 장은 내 얼굴을 잠시 살피더니 미안한 표정을 지었다.

장의 다리는 많이 부풀어 있었다. 고여 있는 피가 터져 나가지 못하고 장의 다리를 커다랗게 만들었다.

"조각칼 줘 봐."

나는 장에게 조각칼을 건넸다. 장은 내가 준 조각칼을 희미하게 버티고 있는 마지막 불씨에 갖다 댔다. 조각칼이 달구어졌다.

장은 달구어진 조각칼로 다리를 찔렀다. 다리에서 피가 터져 나왔다. 장은 결연한 표정으로 신음 소리 하나 내지 않았다. 어둠 속에서 피는 시커멓게 보였다.

멀리서 갈대 소리가 쏴하고 들렸다. 병사들이 몰려오는 소리 같았다. 나는 장에게 우리랑 다르다는 말이 무슨 말이냐고 따지고 싶었지만 그만두었다. 나는 여자아이를 쳐다보며 장에게 말했다.

"난 자신 없어."

"자신 있는 사람이 어딨어? 나도 어떻게 될지 몰라. 나가면 트럭이 있을 거야. 그걸 타고 중국 안까지만 데려다줘. 난 다른 쪽으로 가야

해."

장은 티셔츠를 찢어 다리를 묶으며 말했다.

"더 이상 지체할 수 없어. 난 간다. 너도 쟤들 데리고 얼른 가."

장이 막사 밖으로 뛰어나가는 소리가 들렸다. 잠이 달아나면서 정신이 또렷해졌다. 여자아이는 계속 울고 있었다. 심지어 작은 남동생까지 안고 있었다. 해가 뜰 때까지 기다릴 수 없었다. 나는 두 아이를 데리고 막사를 나섰다.

갈대밭 안에는 겉으로는 보이지 않던 가시넝쿨이 마구 엉켜 있었다. 손등에 생채기가 났다. 갈대밭을 다 빠져나올 무렵 다행히 트럭 몇 대가 보였다. 나는 그중 한 트럭으로 다가갔다.

"뭐야?"

아저씨가 험악한 얼굴로 말했다. 나는 남자아이를 가리켰다.

"애가 죽어 가요. 제발."

아저씨는 피식 웃으며 날 밀쳤다.

"걔뿐이야? 다 죽어 간다. 죽는 게 무슨 대수라고."

아저씨는 아픈 아이를 보고 눈 하나 깜짝하지 않았다. 나는 힘없이 말했다.

"어디로 가요?"

"어디 가긴. 다롄이지. 근처 큰 도시가 다롄밖에 더 있니?"

아저씨는 귀찮다는 듯이 손을 내저으며 말했다.

나는 아저씨에게 남아 있던 명품 시계를 내밀었다. 아저씨의 두 눈이 번뜩였다.

"이거라도 드릴게요."

"가짜는 아니겠지."

나는 고개를 끄덕였다.

"운 좋은 줄 알아."

아저씨는 낄낄거리며 시계를 손목에 찼다. 그러고는 뒤쪽의 한 트럭을 덮고 있던 퍼런 비닐을 들추었다. 짐칸을 채운, 쥐처럼 새까만 눈알들이 우리를 바라봤다. 우리는 짐칸의 끝에 탔다.

나는 여자아이와 뼈만 남아 앙상한 나뭇가지 같은 남자아이를 쳐다봤다. 자세히 보니 여자아이는 수영복을 입은 채였다. 나는 옷을 벗어 벌벌 떠는 아이에게 덮어 줬다. 나도 추웠지만 안에 티 하나를 더 겹쳐 입어 다행이었다. 챙겨 온 담요도 덮어 줬다. 여자아이는 남자아이를 안은 뒤 담요를 목까지 끌어 올렸다. 남자아이의 볼은 추위 때문인지 트고 갈라져서 피가 날 것 같았다. 여자아이는 남자아이의 볼을 문질렀다. 그러고는 불안한지 손톱을 물어뜯었다. 나는 여자아이를 바라보면서 말했다.

"엄마는……."

나는 잠시 숨을 멈췄다가 이어서 말했다.

"살아 계실 수도 있어."

내 말에 여자아이는 흐릿한 눈으로 나를 쳐다보다가 이내 고개를 저었다. 나는 뻔한 말을 했다.

"희망을 잃지 마."

내가 말해 놓고도 피식 웃음이 났다. 나는 무슨 희망이 있는지.

여자아이는 느릿느릿하게 얘기했다.

"몇 발짝만 더 걸으면 됐는데……. 몇 발짝 떨어진 곳에 사람들이 있었는데, 도와주고 싶어도 방법이 없었어. 경계니까, 누구도 건너올 수 없었어. 사람들이 "그만 쏴!" 하고 울부짖었는데 그뿐이었어. 누구도 엄마를 구할 수 없었거든. 다들 발만 동동 굴렀지."

여자아이는 남자아이의 머리를 쓰다듬었다. 남자아이의 얼굴은 창백했다. 여자아이는 무슨 말을 더 하려다가 입을 다물었다.

여자아이는 남자아이를 무릎에 눕힌 채 고개를 젖히고 금방 잠이 들었다. 다른 사람들도 다 잠들어 있었다. 나는 여자아이의 벌린 입을 살짝 닫아 주었다. 여자아이가 설핏 눈을 떴다. 눈이 충혈되어 있었다. 여자아이는 다시 눈을 감고 잠꼬대처럼 중얼거렸다.

"꿈에서 잠깐 엄마를 봤어. 우리는 압록강 앞이었어. 엄마는 똑같은 말을 꿈에서도 했어. 내가 죽어도 너는 건너가라고. 네가 죽어도 나는 건너갈 거라고. 약속하자고."

나는 아무 말도 하지 못했다. 여자아이는 나를 쳐다보더니 말했다.

"나는 일 분을 더 왔을 뿐이야. 딱 일 분. 갯지렁이가 가득한 갯벌 건너편에는 빌딩이 가득하더라. 그 시간에 거기 있던 사람들은 뭘 하고 있었을까? 커피를 마시거나 수다를 떨고 있었겠지. 무슨 이야기를 했을까. 총소리는 들었을까."

여자아이는 다시 무릎에 고개를 파묻었다. 아무 소리도 들리지 않았지만 나는 여자아이가 운다는 것을 알 수 있었다. 내가 본 압록강은 얕고 좁았다. 여자아이가 건너온 압록강은 어디쯤이었을까.

형이라면 이럴 때 무슨 말을 해 주었을까 생각했다. 형은 저 아이를 제대로 위로해 줬을 것이다. 난 무슨 말을 해야 할지 모르겠다.

형이 사 준 운동화를 바라보았다. 원래 색을 알 수 없게 바래고 더러워진 운동화를 양쪽 다 벗었다.

이백육십 밀리미터였던 운동화가 작아진 지는 오래되었다. 처음에 헐렁하던 운동화는 점점 발을 옥죄더니 어느 순간 아파 왔다. 아픈 상태로 몇 달이 지났을까. 작은 운동화를 오래 신고 있었기 때문인지 두 번째 발가락은 휘었고 발을 쫙 펴면 통증이 몰려왔다. 여태껏 작은 운동화에 갇혀 있었던 발이다. 운동화를 벗었는데도 발은 계속 욱신거렸다. 발가락은 쭉 펴도 잘 펴지지 않았다.

나는 여자아이의 발을 내 쪽으로 당겼다. 여자아이의 발은 온통 피투성이였다. 나는 여자아이에게 물었다.

"갈대에 쓸린 거야?"

여자아이는 고개를 저으며 말했다.

"아니, 가시넝쿨에 찔린 거야."

"가시넝쿨이 있는 줄은 몰랐어."

"나도 몰랐어. 갈대숲에는 갈대만 있는 줄 알았지."

"수영복은 왜 입은 거야? 이렇게 상처 나잖아."

"그냥 옷은 젖으니까. 엄마가 강을 건너면 깔끔하게 마른 옷 갈아입으라고 했어."

여자아이는 발을 빼려고 했다. 나는 피가 말라붙고 멍이 든 발에 내 운동화를 신겨 주었다. 얼룩진 운동화가 여자아이의 발에 헐렁하게 맞았다.

나를 쳐다보는 여자아이의 눈동자에 라희의 눈동자가 겹쳐 보였다. 갈색의 눈동자는 잠깐 흔들렸다가 한참 동안 나를 쳐다봤다.

남자아이가 토하기 시작했다. 여자아이는 재빨리 검은 봉지를 남자아이의 입에 갖다 댔다. 걸쭉하고 허여멀건한 죽이 작은 입에서 끊임없이 쏟아져 나왔다. 아이는 노란 위액까지 토하고 나서야 겨우 멈췄다. 남자아이의 이마를 짚어 보니 열이 펄펄 끓고 있었다.

"언제부터 이랬던 거야?"

여자아이는 내 물음에 고개를 저었다.

트럭이 잠시 멈췄다. 트럭에 덮인 천 사이로 햇빛이 눈부시게 들어오자 몇몇 사람이 부스스 깨어났다. 누군가가 콧노래를 부르며 트럭 위로 가볍게 뛰어올랐다. 내 또래로 보이는 단발머리 여자아이였다.

단발머리는 배낭을 꼭 끌어안고 앉았다.

"뭘 봐. 탈북자 처음 보니?"

단발머리는 나를 빤히 바라보며 말했다. 눈동자가 검은색으로 반짝거렸다.

단발머리는 남자아이를 보더니 혀를 찼다. 그러고는 가방 안에서 작은 통을 꺼내 까맣고 동글동글한 환을 손에 덜었다. 단발머리가 여자아이에게 약을 건네며 말했다.

"물은 있지?"

여자아이도 나도 고개를 흔들었다. 단발머리가 다시 한번 혀를 차며 이번엔 배낭에서 물을 꺼냈다.

"너네는 아무 준비도 없이 다니니? 총알받이 되게? 아주 죽고 싶어 환장을 했구나. 신발은 왜 없어?"

단발머리는 내 발을 가리키며 물었다. 여자아이가 대답했다.

"내가 신고 있어."

"그럼 네 거는?"

"강물에 휩쓸려 갔어. 봉지에 이것저것 넣어 왔는데……."

여자아이가 변명하듯이 말했다. 단발머리가 어깨를 으쓱하더니 말했다.

"얼른 먹여라. 애 죽겠다. 그거 열도 떨어뜨리고 배탈도 낫게 하는 만병통치약이야."

여자아이는 손바닥에 물과 환을 개어서 남자아이 입에 흘려 넣었다. 약을 삼키고 나서도 남자아이의 팔다리는 계속 늘어져 있었다.

"저리 비켜라."

단발머리는 나와 여자아이를 밀치고 앉더니 남자아이를 자기 옆으로 데려갔다. 그러더니 점퍼를 벗어 바닥에 깔고 남자아이를 그 위에 눕혔다. 점퍼는 때에 절었지만 푹신해 보였다.

단발머리가 팔다리를 열심히 주무르자 남자아이의 몸이 조금씩 움직였다. 단발머리가 갑자기 나를 가리켰다.

"너!"

내가 움찔하자 단발머리는 배낭에서 장화를 꺼내 내밀었다.

"이거 신어. 보기 흉하다."

단발머리의 큰 가방에는 이것저것 많은 것이 들어 있었다.

트럭은 비탈길을 올라갔다. 덜컹거리는 트럭이 기름 냄새를 훅 내뿜었다. 여자애는 입을 틀어막았다. 단발머리는 가방 안에서 쪽지 모양으로 접힌 검은 봉지를 건넸다. 여자아이는 봉지를 열어 토하고는 그대로 묶어 밖으로 던졌다.

"괜찮아?"

단발머리가 물었다. 여자아이는 고개를 끄덕였다.

"얘는 걱정 마라. 죽지는 않겠다. 이래 봬도 우리 아빠가 약방을 하셨거든."

단발머리가 약사도 아닌데 그 말을 듣자 마음이 놓였다. 여자아이도 긴장이 풀리는지 트럭에 등을 기댔다. 남자아이의 얼굴에 발갛게 혈색이 돌아오고 있었다. 그때 어디선가 음악 소리가 들렸다. 단발머리의 가방에 있던 조그만 카세트에서 BTS의 「봄날」이 흘러나왔다. 누군가 작게 말했다.

"아주 만물상이구먼그래."

카세트에서 흘러나오는 노래를 들으며 여자아이가 입을 달싹거렸다. 트럭에 타고 있는 누구도 노래를 끄라고 하지 않았다. 단발머리는 고개를 까닥거리며 흥얼거렸다.

여자아이는 단발머리의 노랫소리를 들으며 어느 순간 꾸벅꾸벅 졸았다. 그러더니 스르르 내 무릎을 베고 누웠다. 여자아이는 고단한지 약하게 코를 골았다.

"난 노래 없이는 못 살거든."

단발머리가 환하게 웃으며 묻지도 않은 말을 했다. 트럭 안도 햇살이 비집고 들어와 환해졌다. 따뜻한 봄바람이 느껴졌다. 퍼런 비닐이 펄럭거리면서 벚꽃 잎이 날아 들어왔다.

"남한에 가면 꼭 BTS 콘서트에 갈 거야. BTS가 공연했던 경복궁도 가고 세븐틴도 볼 거야. 생각만 해도 행복해."

사람들의 머리 위로 벚꽃 잎이 내려앉았다. 나는 잠든 여자아이의 얼굴을 손으로 가려 그늘을 만들었다.

트럭이 덜컹거리며 한참을 달리자 허기가 몰려왔다. 단발머리는 배낭에서 초코파이를 꺼내서 먹었다. 나는 초코파이를 힐끔거렸다. 단발머리는 초코파이를 반쯤 떼어서 건넸다.

"됐어. 배 별로 안 고파."

초코파이의 단 냄새가 코끝을 간질였다. 내뱉은 말과 다르게 꿀꺽 소리를 내며 침이 넘어갔다. 단발머리는 초코파이를 내 턱 밑에 갖다 대며 말했다.

"웃기지 말고 줄 때 먹어. 근데 너네는 요즘 시대에 왜 이렇게 촌스럽게 탈출을 하고 염병이니. 단둥에서 비행기 타고 가기도 하는데. 돈이 영 없나 보구나. 돈 없으면 고난이지."

나는 '너는?'이라는 말을 삼키고 못 이기는 척 초코파이를 받았다. 단발머리는 초코파이를 조금씩 떼어 꼭꼭 씹어 먹었다. 입이 경쾌한 작은 새의 부리 같았다. 단발머리는 어느새 눈을 뜬 여자아이에게도 초코파이를 떼어 줬다. 여자아이는 속이 안 좋다며 마다했다. 나는 여자아이 몫의 초코파이도 먹었다. 노래는 멈춰 있었다. 단발머리도 한 곡이 끝나자 더 이상 틀지 않았다. 나는 단발머리에게 물었다.

"어디서 왔어?"

"눈깔은 뒀다 뭐 하니. 미국에서 온 거 같니? 아까 탈북이라 얘기하지 않았어?"

"남한에는 뭐 하러?"

"공부하러. 학비가 공짜니까."

"어떻게 가려고?"

단발머리는 잠깐 인상을 찌푸렸다.

"무슨 기사 쓰니? 얻어먹는 주제에 무례한데. 다롄에서 인천 갈 거다. 단둥보다는 경비가 덜 삼엄하니까. 됐니?"

단발머리는 트럭을 감싸고 있는 퍼런 비닐을 들고 밖을 잠시 내다봤다. 나는 단발머리에게 말했다.

"말이 되는 소릴 해. 공부 때문에 목숨을 건다고?"

단발머리와 대화를 하자 살아나는 기분이 들었다. 계속 수다를 떨고 싶었다.

"너한테 말 되는 소리만 하란 법 없잖니? 뭐, 북한 사람은 다 굶어서 넘어오는 줄 알아? 중국 통하긴 하지만 우리도 들을 거 다 듣고 볼 거 다 보고 산다. 우리 다 굶지는 않아. 그렇게 치면 남한에는 굶는 애들 없니?"

단발머리가 불쾌한 듯 나를 노려보며 말했다. 나는 눈길을 피했다.

이번에는 단발머리가 날 선 목소리로 나에게 물었다.

"너는?"

"나?"

"그래, 너. 남한 애 아니니? 왜 여기까지 와? 공안한테 잡히면 끝장나는 신세도 아니면서 비행기 타면 되잖아. 심심해서? 남조선 아새끼들은 배때지가 불러서 별짓 다 한다더니. 신발도 없이 맨발로 스카우트? 캠프? 뭐 그런 거 하는 거니?"

단발머리는 비아냥거렸다.

"그럴 일이 있었어."

나는 다시 잠든 여자아이를 바라보며 말했다.

"비겁하긴. 넌 물어 놓고 내 말에는 대답도 안 하니?"

단발머리는 화가 났는지 고개를 돌렸다. 여자아이의 배가 규칙적으로 오르락내리락했다. 남자아이의 배도 마찬가지였다. 열이 내리고 한결 편안해진 모습이었다. 단발머리의 말처럼 남자아이는 고비를 넘기고 살아나고 있었다.

나는 그제야 사람들을 둘러보았다. 일곱 명이었다. 다들 짐 보통이를 하나씩 끼고 곤하게 잠이 들어 있었다. 여자아이도 계속 잠들어 있었다. 단발머리는 남자아이를 간간이 주무르고 있었다.

나는 단발머리에게 문득 말했다.

"형이 있어. 죽었는지 살았는지 몰라. 보러 가야 하는데 아빠가 공부 때문에 못 가게 해서 가출했어. 어디로 가야 할지 모르겠어."

단발머리는 피식 웃으며 말했다.

"아빠가 참 대단하구나. 그놈의 공부도 대단하고."

단발머리는 초코파이 부스러기를 입에 탈탈 털어 넣었다.

트럭이 다시 한번 기름 냄새를 풍기며 비탈길을 올라갔다. 단발머리가 흥얼거리며 말했다.

"형은 살아 있을 거야."

"……"

"이래 봬도 약방집 딸이라니까. 내 촉을 믿어라. 여기 남자애도 살아났잖니."

무당집도 아니고 약방집이랑 촉이 무슨 상관인지 모르겠지만 또다시 묘하게 안도감이 들었다. 몸이 노곤해지면서 잠이 쏟아졌다. 잠을 쫓기 위해 고개를 흔들며 단발머리에게 물었다.

"남한에 도착하면 갈 데 있어?"

단발머리는 당당하게 말했다.

"당연하지. 하나원 전화번호도 있고. 벌써 열여섯 살이야. 내 일은 내가 알아서 해. 너나 걱정해. 어디 갈지도 모른다며? 핏값 하려면 좀 제대로 챙겨 다니고. 무슨 쌍팔년도처럼 옷 꼬라지 하고는."

나는 '내가 너보다 한 살 많아.'라고 말하려다가 말았다. 단발머리가 피식 웃으며 말했다.

"남조선 아새끼가 남한 가면 되지. 뭘 어디 갈지 모른다고 구라를 치니? 너무 복잡하게 생각하지 말아라. 눈까리에 생각이 가득한 게, 보기만 해도 복잡하다야."

단발머리의 말이 끝나자마자 트럭이 멈췄다. 어느새 다롄항이었다. 사람들이 차례대로 다 내린 뒤 단발머리가 풀쩍 뛰어내렸다. 나는 여자아이를 깨운 뒤 트럭 밑에 있는 단발머리에게 물었다.

"점퍼는?"

단발머리는 됐다는 듯이 손을 흔들고 돌아서더니 뒤도 돌아보지 않고 저만치 달려갔다.

단발머리는 확실하게 갈 길을 알고 있는 것 같았다. 뛰는 걸음에 망설임이 없었다.

나는 어디로 가야 할까. 일단 여자아이와 트럭에서 내렸다. 작은 장화를 신자 다시 발에 통증이 느껴졌다.

나는 남자아이를 점퍼로 감싸안았다. 아이의 심장이 훨씬 안정적으로 뛰고 있었다. 여자아이가 말했다.

"배고파."

나는 단발머리에게 초코파이라도 얻어먹었지만 여자아이는 빈속일 것이다. 조금 남겨 둘걸 하는 후회가 들었다. 남자아이도 배가 등에 붙은 건 마찬가지 같았다. 아이가 눈을 가늘게 떴다.

"좀 괜찮아?"

남자아이는 내 물음에 고개를 힘없이 끄덕였다.

"걸을 수 있겠어?"

남자아이는 고개를 끄덕였다. 나는 아이를 바닥에 내려놓았다. 진땀이 나서 더 이상 아이를 안고 걸을 수가 없었다.

남자아이는 걸음마를 처음 내딛는 아기처럼 걸었다. 여자아이가 남자아이에게 등을 내밀었다. 남자아이는 고개를 흔들고 안간힘을 내며 걸었다. 나는 아이들에게 뭐라도 먹여야겠다는 생각이 들었다.

코끝에 멀리 음식 냄새가 희미하게 닿았다. 여자아이도 냄새를 맡았는지 침을 삼켰다. 나는 남자아이의 손을 잡고 천천히 냄새가 나는 쪽으로 걸었다.

항구 앞 시장이었다. 아침 시장은 분주하고 활기찼다. 바삐 지나가던 누군가와 부딪혀, 여자아이는 비틀거렸다. 시장의 온갖 맛있는 냄새가 뱃속을 할퀴었다.

남자아이는 배가 고파서 울기 시작했다. 여자아이가 수레 앞에 섰다. 아저씨가 밀가루로 요우티아오를 만들고 있었다. 여자아이는 기름에 튀겨지는 빵을 넋 나간 채 보고 있었다.

하나에 일 위안이었다. 나는 오 위안을 꺼내 빵 다섯 개를 산 다음 네 개를 여자아이의 손에 쥐여줬다. 여자아이는 고개도 들지 못하고 말했다.

"고마웠어."

아이가 입술을 달싹거리더니 이어 말했다.

"넌 우리랑 다른 것 같아. 여기서 그만 헤어지자."

여자아이가 신고 있는 내 운동화를 내려다봤다. 얼룩지고 검게 변한 운동화는 물에 젖어 앞코가 벌어져 있었다. 나는 고개를 끄덕였다.

11. 인천항으로

나는 다롄항에서 한국으로 가는 배표를 끊었다. 장과 처음 기차표를 살 때처럼 긴장되지 않았다. 아무도 나에게 보호자가 어디 있냐고 묻지 않았다.

하루에 한 번 있는 배는 아직 떠나기 전이었다. 출발까지는 두 시간 정도가 남았다. 식빵 모양의 봉고차에서 사람들이 우르르 내려 배표를 끊었다. 매표소에 걸린 낡은 거울 속 내 모습이 마치 아빠 같았다. 가짜 롤렉스를 찬 아빠의 슬픈 얼굴이 거울에 비쳤다. 나는 아빠 같고 아빠는 나 같았다. 눈두덩은 푹 꺼져 있었고 턱에는 수염이 돋아 있었다. 나는 턱을 쓸어 보았다. 까슬한 털이 만져졌다. 류웨이처럼 나도 십 년쯤은 더 늙어 보였다. 류웨이는 여전히 한국 아이들을 괴롭히고 있을까.

나는 마른세수를 했다. 화장실에 가서 얼굴을 씻고 싶었지만 아무 힘이 없었다. 장과 여자아이는 같은 말을 했다. '너는 우리와 달라.'라는 말을 떠올리자 외로움이 뼛속까지 스며들었다. 눈물도 나지 않는 외로움이었다. 손바닥을 펴 보니 손에는 피딱지들이 가득했다. 딱지들을 하나씩 떼어 냈다. 피가 새 나오는 곳도 있었고 완전히 아문 곳도 있었다.

한 가족이 여행 기념으로 사진을 찍고 있었다. 황금색 옷을 입은 아이가 가운데에서 함빡 웃고 있었다. 아이는 변발 모양의 머리를 하고 번쩍거리는 황금색 옷을 위아래로 빼입고 있었다. 가족들은 아이를 안아 들고 사진을 찍었다. 가죽 가방을 든 사람들, 캐리어를 끌고 있는 사람들, 들뜬 얼굴로 지도를 보고 있는 사람들. 많은 사람이 내 눈앞을 스쳐 지나갔다.

나는 형이 준 운동화도 조각칼도 없이 밖으로 나갔다. 항구 앞 식당에 들어가 국수를 시켰다. 덜덜 떨리는 손으로 그릇을 잡고 국물을 마셨다. 따뜻한 국물이 들어가자 조금 진정이 되었다. 나는 장화를 벗었다. 발가락은 멍이 들어서 욱신거렸다. 나는 검푸른 멍을 바라보며 생각에 잠겼다.

장은 아빠와 만났을까. 남매는 머무를 곳을 찾았을까.

"다 먹었으면 그만 일어나."

식당 주인이 못마땅한 얼굴로 말했다. 나는 십 위안을 건넨 뒤 거스름돈을 받지 않고 비척거리며 일어났다.

"아이고, 더 앉아 있어도 되는데. 미안하네."

주인의 목소리가 몇 위안을 더 받은 대가로 부드러워졌다.

배에 타자 아까 본 황금색 옷을 입은 아이가 같은 칸에 타고 있었다. 설핏 잠이 들었다 깰 때마다 보이는 아이는 실뜨기를 하고 있었다.

별 모양의 실 안으로 아이의 손가락이 유연하게 들어갔다. 아이는 능숙하게 실을 잡아 십자 모양으로 만들었다. 나는 멍하니 아이가 실뜨기하는 모습을 바라봤다. 실이 허물어졌다.

아이는 실에서 손을 빼고는 내 얼굴을 가리켰다. 얼굴을 만지니 손에 피가 묻어 나왔다. 화장실로 가 세수를 했다. 뿌연 거울이어서 내 표정이 어떤지는 잘 보이지 않았다. 다행이라는 생각이 들었다. 나는 비틀거리며 자리로 돌아왔다.

내 옆에 앉은 사람은 통로 건너편의 가족과 얘기를 나누고 있었다. 서안의 명소인 병마용 이야기를 하기도 하고 한국에 가서 무엇을 할지 계획을 세우기도 했다.

눈이 자꾸 감겼다. 아무리 졸음을 쫓으려고 해도 불가능해서 눈을 감았다.

나는 병마용에 있었다. 날씨가 무더웠다. 아빠는 병마용 입구에서 아이스크림을 샀다. 무더운 날씨에 아이스크림은 금세 녹아서 끈적하게 내 손에 흘러내렸다.

중국에 도착한 다음 날이었다. 여독이 쌓여서 다리가 무거웠다. 병마용 안의 공기는 후덥지근했다. 쉴 새 없이 땀이 흘러나왔고 속까지

메슥거렸다. 나는 병마용 안에서 조금 토했다. 아빠는 당황하며 내가 토한 것을 닦았다.

머리가 없는 병사들, 팔이 없거나 다리가 없는 병사들이 바닥에 나뒹굴고 있었다. 꼭 형과 나의 모습 같았다. 아빠는 병사들의 눈을 보라고 했다. 강인한 눈이라고 말했다. 그 뒤로도 아빠의 말이 이어졌지만 무슨 소리인지 알 수 없었다.

나는 아득하게 멀어지는 아빠의 소리를 들으며 바닥에 쓰러졌다. 눈을 떠 보니 집이었다. 이마에는 물수건이 얹어져 있었다.

"괜찮니?"

아빠가 물었다. 아빠 옆에는 한 여자가 서 있었다. 안닝이었다. 나는 몸을 일으켰다.

"새 과외 선생이야. 목표는 하나뿐이다. 세계권 대학에 진학하는 것. 부족한 과목 선생은 얼마든지 구해 주마."

"형은 언제 만나러 가?"

마지막으로 본 형의 모습이 잊히지 않았다.

"형은 잊어."

내 질문에 아빠는 단호하게 대답했다.

"……"

"네가 대학에 진학하면 형은 그때 보러 간다. 그 전까지는 공부만 해라."

아빠는 그 말을 끝으로 나갔다. 안닝은 내 앞에 앉았다.

"지훈, 오늘은 소개만 할게. 안닝이야."

안닝은 손을 내밀어 나와 악수를 했다. 안닝이 웃었다. 착하고 따뜻한 웃음이었다.

안닝이 간 뒤 집 밖으로 나갔다. 봄이었다. 나는 꽃잎이 흐드러진 나무 아래에 서 있었다. 언제쯤 형에게 갈 수 있을까. 무릎을 구부려 운동화의 끈을 다시 조였다. 형에게 받은 운동화는 아직 조금 여유가 있었다.

그때 어떤 여자아이가 다가왔다. 교복 치마를 몇 번이나 접었는지 허벅지가 드러나 있었다.

"네가 앞 집에 이사 온 한국 애야?"

한국 말이었다.

"내 이름은 라희야. 너도 같은 학교로 온 것 같던데, 맞지? 평동? 완전 거지 같은 이름이지?"

나는 그냥 고개를 끄덕였다. 라희는 웃으며 눈을 깜빡였다. 이상하게 마음이 평화로워졌다.

"너, 너무 말랐다. 덩치 좀 키워야겠는데."

라희. 나는 라희라는 이름을 입안에서 굴려 보았다. 음악 같은 이름이다. 라희.

라희는 눈을 깜빡이며 또 웃었다. 나는 얼굴이 벌게지는 걸 느꼈다.

벚꽃이 라희의 머리 위로 내려앉았다.

"네 이름은 뭐야?"

라희가 물었다.

"내 이름은 지훈."

"지훈."

라희가 천천히 내 이름을 말했다. 그때부터였던 것 같다. 라희가 좋아진 것은. 라희는 조그만 입술을 움직여 내 이름을 사탕처럼 입안에서 천천히 굴렸다.

누가 나를 흔들어 깨웠다. 눈을 번쩍 떴다. 황금색 옷을 입은 아이였다. 아이는 나에게 실뜨기하던 실을 건넸다. 아이의 부모가 아이를 서둘러 안고 내려갔다. 아이까지 내리자 배 안은 텅 비었다. 나도 밖으로 나왔다. 한밤중이었다.

12. 집으로

인천항에 내려 집에 가는 버스를 여러 대 보냈다. 마지막 버스가 와서야 망설이다가 버스에 올라탔다. 버스 손잡이를 잡고 창밖을 내다봤다. 어둠 때문에 아무것도 보이지 않았다.

나는 버스에서 내려 집을 향해 걷다가 몸을 돌려 형이 있는 병원으로 발을 옮겼다.

라희의 눈동자가 생각났다. 아파트 사이에 나부끼던 색색의 천들. 노란색, 빨간색, 파란색, 보라색, 현란한 색깔의 천들. 그 사이로 라희의 새큼한 입술이 떠올랐다. 맨발에 수영복 차림을 하고 있던 여자아이의 목소리도 들렸다.

'내가 죽어도 너는 건너가라고.'

여자아이는 울먹였었지. 단발머리의 웃는 얼굴도, 흥얼거리던 노래도, 장이 가라고 말하던 얼굴도. 모든 것이 머릿속에 스쳐 지나갔다. 그리고 형.

나는 병실 계단에 주저앉아 형을 생각했다.

형과 있던 동굴, 운동화, 뒹굴던 초코바, 새까만 개미 떼, 자전거.

차마 형을 볼 자신이 없었다. 형이 없을까 봐 무서웠다. 나는 그대로 앉아 한참을 울었다. 그리고 형을 보지 않고 집으로 향했다.

집에 들어가자 엄마가 놀란 눈을 하고 쳐다봤다. 나는 아무 일도 없었다는 듯이 내 방으로 들어갔다. 몇 년 동안 쌓인 먼지 때문인지 방 안은 매캐했다. 나는 문을 잠갔다. 문밖에서 엄마가 소리쳤지만 어떤 소리도 들리지 않았다.

형도, 라희도 그리웠다. 나는 주머니 속에 있던 조각칼을 꺼냈다. 조각칼의 날에 비친 내 얼굴을 보면서 형의 얼굴을 떠올리기 위해 노력했다. 라희도 떠올리기 위해 노력했다. 두 얼굴이 잘 생각나지 않았다. 형도, 라희도 만날 용기가 없다. 형의 상태를 확인할 자신도 없다. 어차피 형은 아무 말이 없을 것이다. 여기를 나가더라도 갈 곳이 없다. 나는 영원히 떠돌 것이다.

내가 형을 기다리게 하지 않았다면, 내가 라희에게 지갑을 훔쳐서 주지 않았다면 둘 다 무사했을 것이다. 전부 나 때문에 벌어진 일이다. 자책감이 녹은 아이스크림처럼 온몸에 끈적하게 달라붙었다.

나는 죗값을 치러야 한다. 나는 스스로를 벌하기로 했다. 이것이 내가 형과 라희를 잊지 않기 위한 마지막 방법이다. 형이 근처에 있다고 생각하니 하나도 겁나지 않았다. 엄마가 계속 문을 두드렸다.

나는 어둠 속에서 조각칼을 잡은 손에 힘을 주었다.

'내가 죽어도 너는 건너가.'

여자아이가 내 귀에 속삭이는 것 같았다. 나는 조각칼을 내려놨다. 몽롱해지는 시야에 모래 폭풍이 휘몰아쳤다. 방 안의 모든 것이 병마용처럼 보였다. 병사들이 나를 향해 달려들었다. 누군가가 말을 타고 달려왔다. 그 위에 앉아 있는 것은 형이었다. 형이 나에게 손을 내밀었지만 나는 차마 그 손을 잡지 못했다. 형의 얼굴이 또렷이 보였다. 나는 넋을 놓고 형을 바라봤다. 그래, 이제야 형의 얼굴이 생각난다. 형이다. 나는 의식을 잃어 가는 순간에 형의 얼굴을 똑똑히 보았다. 형은 내 손을 잡았다. 따뜻한 손이었다. 이제 형을 빚을 수 있을 것 같았다.

문이 부서지는 소리가 났다. 엄마의 비명이 들린다. 엄마가 수건을 들고 나에게 달려오는 모습을 마지막으로 나는 완전히 정신을 잃었다.

"괜찮니?"

익숙한 목소리였다. 고개를 드니 발치에 엄마가 서 있었다. 엄마는 천천히 내 옆으로 와서 머리를 쓰다듬었다.

엄마가 낯설었다. 여기는 어딜까. 엄마는 한참 나를 바라봤다. 엄마의 입술은 부르터 있었다. 라희의 상처 난 입술이 떠올랐다. 엄마는 메마른 음성으로 말했다.

"아빠가 경찰에 신고했었다. 네가 한국으로 간 것 같다고, 집에 들어오면 바로 연락 달라고 해서 기다리고 있었어."

"형은?"

엄마는 내 말에 흐느끼며 말했다.

"너도 잃는 줄 알았다."

고개를 돌려 보니 내 옆에는 의식 없는 형이 있었다. 믿기지 않아 침대에서 내려와 형 옆으로 다가갔다.

형 이마에 손을 대 보니 촉촉한 땀이 배어 나왔다.

나는 형을 바라보고 말했다.

"밖으로 나가자."

형은 침을 흘리며 고개를 끄덕끄덕했다. 자동차에 붙이는, 머리를 끄덕이는 인형 같았다. 나는 형의 얼굴을 잡았다. 형의 끄덕거림이 멈췄다. 소맷부리로 형의 침을 닦았다. 의미 없는 끄덕거림이다. 형은 여전히 의식이 없다.

나는 형의 머리를 안았다. 따뜻한 형의 머리가 느껴졌다. 내가 팔을 풀자 형은 다시 고개를 끄덕이기 시작했다. 울고 싶었다.

나는 형 앞에 무릎을 꿇고 형의 다리를 안았다. 형의 마른 다리 위에 내 눈물이 떨어졌다. 눈물이 떨어지면 기적이 일어나는 동화가 떠올랐지만 현실은 아니었다. 내 눈물은 아무 쓸모가 없었다.

희미한 알코올 냄새가 형의 다리에서 풍겨 왔다. 형의 링거 호스에 피가 고여 있었다. 나는 수액이 잘 흐르도록 링거 줄을 정리했다. 형의 피가 천천히 아래로 흐른 뒤 투명한 수액이 흐르기 시작했다. 형의 다리는 가느다란 나뭇가지 같았다. 나는 곧 부러질 것 같은 형의 다리를 안고 쓸모없는 눈물을 오래도록 흘렸다.

13. 편지

엄마가 병실에 누워 있는 내게 편지를 한 통 건넸다.
낯익은 장의 글씨체가 눈에 들어왔다.

지훈에게.

너와 우리가 다르다는 말. 그 말을 들었을 때 네 표정이 잊히지 않는다. 하지 않았어야 될 말인데.

사과를 하기 위해 편지를 써. 네가 알려 준 한국 주소가 맞는지, 이 편지가 너에게 전해질지 모르겠다.

나는 아빠를 만나 잘 간호하고 있어. 아직은 나를 못 알아보시지만.

아빠가 마지막으로 구했던 여자애는 잘 지낸다고 하더라.

아빠 몸이 괜찮아지는 대로 너한테 한번 갈게.

너한테 이 말을 꼭 하고 싶었다. 너는 우리와 다르지 않아.

우리는 영원히 친구야.

멀리서, 장

나는 장의 편지를 접었다. '우리는 영원히 친구야.' 나는 중얼거렸다. 가슴에 있는 얼음 조각 하나가 녹는 기분이었다.

장의 편지를 바지 주머니 안에 넣고, 침대 옆 상자를 열었다. 엄마는 내가 가지고 있던 모든 물건이라고 했다. 토기 인형은 하나만 남아 있었다. 얼굴이 일그러져서 누구를 빚은 인형인지 알 수가 없다. 류웨이? 마이클? 양리? 스쳐 지나갔던 아이들 중 하나일 것이다. 나는 토기 인형의 몸을 쓰다듬었다.

병실에서 나와 흙이 있는 병원 마당으로 향했다. 겨울이 막 지나간 땅은 축축한 습기를 머금고 있었다. 토기 인형을 손에 움켜쥐고 땅을 팠다. 토기 인형은 힘없이 부스러졌다. 마지막 토기 인형은 흙 속에 파묻혔다.

처음부터 없었던 것처럼, 그 자리에 원래 있었던 흙처럼. 토기 인형은 흔적도 없이 사라졌다. 나는 땅 밑 가장 촉촉하고 신선한 흙을 파내어 토기 위에 덮었다.

피곤이 몰려왔다. 나는 비틀거리며 병실로 돌아와 눈을 감았다. 엄마는 나에게 무슨 말을 하고 싶어 했지만 귀를 막고 듣지 않았다. 손가락 틈 사이로 엄마의 한숨 소리가 들린다. 엄마는 병실 밖으로 나가더니 누군가와 같이 들어왔다.

눈을 떴다. 숨이 멎는 것 같다. 라희였다. 엄마는 라희를 두고 문밖으로 나갔다. 라희는 절뚝거리며 내 옆으로 왔다. 머리카락이 짧아진 라희는 낯설었다. 라희의 눈동자를 이렇게 또렷이 볼 수 있다니.

"이상해?"

라희는 자신의 머리를 만지며 물었다. 고개를 젓고 싶었지만 온몸이 욱신거렸다.

라희가 나타나자 몸의 감각이 깨어났다. 나도 모르게 손목에 손을 갖다 댔다. 붕대가 감겨 있었다. 붕대 안쪽의 깊은 곳에서 통증이 느껴졌다.

나는 내 몸이 토기 인형이라도 된 것처럼 조각칼로 내 손목을 그었었다. 그때는 어떤 감각도 없었지만 지금은 조그만 감각에도 통증이 느껴졌다. 감각이 깨어나자 손목이 못 견딜 만큼 아팠다. 나는 식은땀을 흘렸다.

라희가 간호사를 불렀다. 간호사가 건넨 진통제를 삼키고 얼마 지나지 않아 통증이 가라앉았다.

라희는 천천히 다가와 내 손을 잡았다. 라희는 다른 손으로 내 손목을 쓰다듬으며 물었다.

"아파?"

나는 고개를 끄덕였다. 라희는 계속 내 손목을 쓰다듬었다. 잘린 손목이 붙듯 상처가 사라지는 것 같았다. 모래 폭풍도, 허물어지는 몸뚱이도 전부 보이지 않았다. 내 귀에 서걱거리며 들리던 모래바람 소리도 더 이상 들리지 않았다. 나는 눈을 감았다. 병마용의 기억도 흐릿했다.

라희는 내 가슴을 토닥이며 말했다.

"우리는 떠돌아다녔어. 알지?"

"……"

"이제 아무 데도 가지 말자."

"……"

나는 아무 말도 하지 않았다. 라희의 상처투성이 손목이 보였다. 라희는 소매를 내리고 나를 바라봤다. 라희의 눈동자는 예전과 달랐다. 라희는 모든 것을 아는 눈을 하고 있었다. 라희에게 잠긴 목소리로 말했다.

"나가고 싶어."

내 말에 라희는 병실 밖으로 나가더니 후드 점퍼를 들고 왔다.

"나가자. 허락받았어."

나는 라희의 말을 듣고 함께 병실을 나와 택시를 불렀다. 형도 데리고 가고 싶었지만 혼자 힘으로는 역부족이었다. 택시의 유리 앞에 붙은 인형이 형 대신 고개를 끄덕끄덕해 주었다.

택시가 동굴 앞에 도착했다. 택시가 떠난 뒤 하늘을 올려다보았다.

누런 먼지 때문에 푸른 하늘은 보이지 않았지만 봄이었다. 나뭇가지에 올망졸망 연분홍 벚꽃 잎들이 매달려 있었다. 땀이 날 만큼 햇살이 내리쬐었다. 머리 위로 벚꽃이 흩날렸다.

우리는 콘크리트 동굴 안으로 들어갔다. 밖과는 달리 동굴 안은 서늘했다. 나는 병아리가 묻힌 곳을 찾아 점퍼를 덮었다. 추위 때문에 다리에 소름이 돋았다. 나뭇가지처럼 앙상하게 마른, 형의 다리가 떠올랐다.

동굴 주위는 한창 공사 중이었다. 멀리서 모래를 실어 나르는 소리가 들렸다. 라희가 형 대신 옆에 앉았다. 형의 모습이 신기루처럼 깜박였다. 모래가 무너졌다 다시 쌓이는 것처럼 형의 모습이 잠깐잠깐 나타났다 사라지는 걸 바라보며 멍하니 동굴 벽에 기댔다. 라희도 동굴 벽에 기댔다.

나는 라희에게 말했다.

"노트와 휴대폰은 중국에 있어. 혹시 잃어버릴까 봐 두고 왔어."

"필요 없어. 함께 있잖아."

라희가 대답했다. 서늘함 때문에 팔에도 소름이 돋았다. 콘크리트 안에는 초코바 껍데기가 아직 있었다. 안에 있는 초코바는 개미들이 전부 먹어 치운 뒤였다. 아직 나뒹굴고 있는 껍데기가 신기했다. 나는 초코바 껍데기를 주머니에 넣었다.

라희는 동굴에 기대앉았다. 나는 라희의 무릎을 베고 누웠다. 라희는 나를 토닥거리며 자장가를 불렀다. 잠이 왔다. 나는 늘 자고 있으면서도 깨어 있었고 깨어 있으면서도 몽롱한 상태였다.

이제 진짜 잠을 잘 것이다. 그리고 천천히 일어날 것이다. 자는 동안 라희가 사라질까 봐 손을 꽉 잡았다. 손이 따뜻했다. 라희도 내 등 위에 엎드렸다.

라희의 머리카락이 동굴 틈 사이로 들어오는 햇빛에 흔들렸다. 눈앞에 색색의 천들이 쏟아져 내렸다. 천들은 라희와 나를 덮었다. 꽃잎이 흩날리는 것을 바라보며 나는 천천히 눈을 감았다.

| 작가의 말 |

형제를 잃은 나는 빈 병실에서 울고 있었다. 오래 울 수는 없었다. 다음 환자가 기다리고 있었다. 나는 삶과 죽음의 경계에서 무기력하게 어깨를 늘어뜨렸다. 시간이 지나도 그때의 병실 냄새는 내 코끝에 머물러 있다.

그 뒤 꽤 오랜 시간 떠돌아다녔다. 형을 잃고 세상을 떠도는 지훈은 내 모습이기도 하다. 나는 지훈에게 혼자가 아니라는 사실을 알려 주고 싶었다.

나에게는 장 같은 친구도, 라희처럼 마음을 내어 줄 친구도 없었다. 『샌드힐』 속 지훈에게는 그런 친구들이 있다. 나는 그 인물들을 통해 치유되었다.

『샌드힐』을 읽는 누군가의 상처도 조금은 아물었으면 좋겠다.

라희와 지훈은 죽지 않았고, 벚꽃은 매년 피니까.

- 하서찬

웅진주니어
샌드힐

초판 1쇄 발행 2025년 5월 8일 | 초판 2쇄 발행 2025년 9월 29일
글 하서찬 | **그림** 박선엽
발행인 윤승현 | **편집장** 안경숙 | **편집** 김다혜 | **디자인** 이지인
마케팅 정지운, 박현아, 김지윤, 황지영 | **제작** 신홍섭
펴낸곳 (주)웅진씽크빅 | **주소** 경기도 파주시 회동길 20 (우)10881
문의 031)956-7405(편집) 031)956-7569, 7570(마케팅)
홈페이지 www.wjjunior.co.kr | **블로그** blog.naver.com/wj_junior | **인스타그램** @woongjin_junior
출판신고 1980년 3월 29일 제406-2007-00046호 | **제조국** 대한민국 | **사용연령** 7세 이상

글 © 하서찬, 2025 | 그림 © 박선엽, 2025
저작권자와 맺은 특약에 따라 검인을 생략합니다.

웅진주니어는 (주)웅진씽크빅의 유아·아동·청소년 도서 브랜드입니다.
이 책은 저작권법에 따라 보호받는 저작물이므로 무단 전재와 무단 복제를 금지하며,
이 책 내용의 전부 또는 일부를 이용하려면 반드시 저작권자와 (주)웅진씽크빅의 서면 동의를 받아야 합니다.

ISBN 978-89-01-29391-2 04800·978-89-01-28551-1(세트)

잘못 만들어진 책은 바꾸어 드립니다.
⚠ 주의 1. 책 모서리가 날카로워 다칠 수 있으니 사람을 향해 던지거나 떨어뜨리지 마십시오.
       2. 보관 시 직사광선이나 습기 찬 곳은 피해 주십시오.